외가체험

외가체험

2019년 12월 25일 초판 인쇄
2019년 12월 30일 초판 발행

지은이 ㅣ 김옥주
교정교열 ㅣ 정난진
펴낸이 ㅣ 이찬규
펴낸곳 ㅣ 북코리아
등록번호 ㅣ 제03-01240호
주소 ㅣ 13209 경기도 성남시 중원구 사기막골로 45번길 14
　　　우림2차 A동 1007호
전화 ㅣ 02-704-7840
팩스 ㅣ 02-704-7848
이메일 ㅣ sunhaksa@korea.com
홈페이지 ㅣ www.북코리아.kr
ISBN ㅣ 978-89-6324-680-2 (03810)

값 14,000원

외가체험

김옥주 지음

북코리아

목차

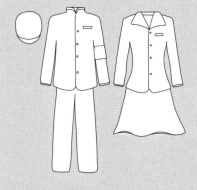

7080 교복

지금은 농기계가 농사일을 많이 하지만, 예전엔 모심기가 한창일 때, 들녘에 동네 사람들이 줄을 서서 모를 심었다. 하루는 이 논, 다음날에는 저 논. 모판에서 쪄온 모를 써레로 갈아놓은 무논에 옮겨 심는 것은 모가 모판에서 논으로 시집가는 것과 같았다. 가을에 추수한 벼 중에서 씨앗을 다시 모판에 뿌리면 그 볍씨는 외가에 가는 셈이다.

외가로 향하는 버스에서 명지가 할아버지에게 들었던 모심기 얘기를 송이에게 들려줄 때였다.

"얌마, 외가에 망구가 산다며? 할배도 있으니 잔소리 바가지 겠네."

뒷자리에 앉은 민서의 말이 강하게 귀에 꽂힌다. 가 주는 거라는 느낌이 물씬 풍겼다. 뒷좌석으로 사나운 눈길을 보낸다.

"명지야, 실은 나도 살짝 흔들려."

민서는 그렇다 치고 옆 자리의 송이까지 불안감을 전파하고 있다.

"외가체험 선택을 잘한 건가 싶어. 명규, 믿어도 되겠지, 명지야?"

방과후학교가 실시되기 전 꿈같은 방학에 시골에 간다, 외가체험이라면서.

"명규 작품이긴 해."

명지는 민서를 의식하면서 다음 말을 삼켰다. 명규는 믿지만 민서는 찜찜하다. 하필 민서라니.

외가가 없다는 송이를 이번 외가체험 주간에 끌어들인 명규다. 명지가 중2 때 할아버지의 제안으로 시작된 외가체험은 올해로 세 번째다. 그 귀한 방학 중 일주일씩이나 외가에서 보내야 하는 것이 분명 매력은 아니었건만, 거부하지도 못하고 매년 되풀이하고 있다. 송이와 함께라면? 괜찮은 생각이다. 명규가 엄마, 아빠까지 설득했으니 못 이기는 척 고개를 끄덕였다. 민서도 함께라는 조건은 엄마가 달았다. 명지가 한 것은 외가에 같이 갈 거냐고 송이에게 물어본 게 다였다.

"불안감모드 탈출하자, 우리. 농촌체험과는 뭔가 다를 것 같은 외가체험. 신기하잖아?"

불안감을 씻은 송이 얼굴이 발그레해졌다. 송이는 기분이
좋을 때면 이런 표정을 짓곤 한다.

"누나, 내리면 우리 아이스크림 사 먹고 가자."

뭐가 신기하냐고 막 물어보려고 할 때였다. 상주터미널에
도착했다는 안내 방송이 나온 것이다. 뒷자리에 앉은 명규와 민
서가 재빠르게 먼저 하차했다. 차에서 아스팔트로 내려서자 더
위가 확 끼쳤다. 지난 주 내내 비가 내렸던 장마 덕분에 더위는
잠시 잊고 지냈다. 꼭 더위하고 달리기 시합이라도 하는 것처럼
가방을 멘 네 명이 빠른 동작으로 움직였다. 누가 먼저랄 것도
없이 아이스크림 판매대 앞에 섰다. 어울려서 먹는 아이스크림
이 기가 막히게 맛있다. 송이가 말했다.

"체험비는 내가 관리한다."
"체험비?"

아이스크림 먹는 모습도 곱지 않은 민서가 물었다. 명규가

황급히 말을 돌리는 걸로 보아 민서는 체험비도 내지 않았을 거다.

"그런데 외할아버지는 어디 계시니?"

송이가 물었다. 송이는 '너네'니 '우리'니 하는 수식어도 붙이지 않았다. 그리고 보니 할아버지가 보이지 않았다. 터미널에 도착했다는 걸 할아버지 환영 피켓으로 알아차릴 정도였다.

환 외가체험 영

할아버지의 피켓 환영 때문에 오가는 사람들로 북적이는 터미널에서 주목을 받는 것은 적어도 영광은 아니었다. 피켓 환영이 빠진 것은 섭섭함이 아니라 반가움이었지만, 아무리 생각해도 이럴 수는 없었다. 체험이니까 하면서 엄마도 아빠도 거실 소파에서 명지와 명규를 배웅했다. 잔소리 폭우를 맞으며 터미널에서 엄마의 배웅을 받는 것보다 대중교통을 이용하는 게 편한 점도 있었지만 의아스럽긴 했다. 마침 텔레비전에서 동요 '반달'이 흘러나왔다. 할머니가 가장 좋아하는 동요다. 엄마도 종종 흥얼거린다. 소파에서의 배웅은 반달 노래 감상 때문이었다고 치자. 아니었다.

엄마 목소리가 살짝 갈라졌다?

"엄만, 우리가 해외로 입양이라도 가는 줄 알아? 너무 나간
다, 우리 박미애 여사."
"여보."

명지의 너스레에도 심각한 표정이었던 엄마 표정이 아빠
목소리에 그제야 펴졌다. 뭔가가 있다.
이 순간 왜 떠날 때 집안 분위기가 생각나는 거지.
명지가 가방을 고쳐 매자 모두들 따라서 가방을 한번 추슬
렀다. 여름 나들이는 우선 옷 부피가 작아서 좋다. 아무리 이번
체험 짐 준비가 '아빠처럼'이 목표였을지라도 겨울이면 어림도
없었을 것이다. 작은 손가방 하나면 1박2일 짐 준비가 끝나는
대부분의 남자 어른들처럼 짐을 최소화하자고 한 사람도 명규
다. 이사를 가는 게 아니라고 여러 번 강조한 것도 모자라 나중
엔 누구처럼 잔소리쟁이가 되었다.

"누나, 빨리 택시 타자니까."

명규가 생각에 잠겨 있는 명지를 재촉해 함께 택시에 올랐다. 그러고 보니 외가에는 지난해 외가체험 이후 처음이다.

엄마가 느닷없이 외가에 간다고 하는 바람에 학교 행사와 겹치기 일쑤라서 동행이 어려웠다. 명규는 명지가 가지 않으면 덩달아 고개를 저었다. 중학교 마지막 방학 땐 중 3으로서 해야 할 의무와 누려야 할 혜택에 푹 빠져 있었다. 명지가 의무와 혜택을 핑계 대며 외가 방문에 동행할 수 없다고 했을 때 엄마가 굳이 말리지도 않았고, 동행을 강요하지도 않았다는 걸 이제야 깨달았다. 아니, 엄마가 느닷없이 외가에 다녀오겠노라고 했을 때마다 학교 행사와 겹친 게 우연이 아니라 일부러 그런 날을 택했던 게 아닌가 하는 생각이 들었다.

명절에 외가에 가지 않았을 때, 그럴 수도 있으려니 하고 넘어갔었다. 외가에라도 안 가게 된 것을 은근히 반겼던 기억마저 있다. 양쪽 할머니, 할아버지를 방문한다고 자동차에 갇혀 터무니없이 오랫동안 도로에 서 있는 게 여간 괴롭지 않았다. 그럴 수도 있으려니 넘어간 그런 일들이 이제 와서 생각하니 무리하게 짜 맞추어야 가능한 일이었다는 결론이 내려졌다.

외가에 무슨 일이 생긴 거다.

택시가 마을 입구로 들어서자 돌에 새겨진 '숫골마을'이 눈에 들어온다. 송이가 외쳤다.

"우와, 저 나무구나, 동수나무라는 게. 느티나무라 그랬지!"

명지는 송이의 반가움에 합류할 수가 없었다. 알 수 없는 두려움이 온몸을 휘감았다.

마당에 들어서자 닫혀 있는 현관문조차 이상하게 보였다. 잘 때도 방충망 문만 닫고서 활짝 열어놓곤 하는 현관문인데 여름날 낮에 닫혀 있었다. 현관문 앞에 서니 현관문이 닫혀 있어서라기보다 현관문이 벽에서 튀어나올 것처럼 색상이 원색으로 바뀌어 있어서 이상했던 거라는 생각이 들었다. 벽은 파랑, 현관문 색깔은 빨강이었다. 도무지 외가 같지 않았다. 빨강 현관문이라니.

"저희들 왔어요."

벌써 세 번째다, 문을 두드린 것이. 할아버지와 같이 왔을 때 문 앞에서 왔노라고 외칠 필요가 없었다. 문이 잠겼는지 여부가 궁금한 건 아니었지만, 선뜻 문을 열 수가 없었다. 민서가 손잡이를 돌려보았다. 꼼짝도 하지 않았다. 민서가 문을 발로 힘껏 찼다. 얼굴을 찡그리며 명지가 민서를 보았다. 명지를 힐끗 보던 민서가 윗부분에 달려 있는 또 다른 손잡이를 발견했

다. 현관 손잡이라고 하기에는 턱없이 높다. 명규와 민서는 중
학교 교복이 어색할 만큼 체격이 좋다. 배구를 하면 국가대표
선수감이다. 손잡이를 돌려보기만 하고 민서는 뒤로 물러났다.

"할아버지."
"할머니."

명지와 명규가 번갈아 외쳤다.

"진짜 너희들 왔구나."

마당 쪽에서 할머니 목소리가 들렸다.
　할머니 목소리이긴 한데 높고 크다는 생각을 하며 뒤를 돌
아보았다.
　7080 교복을 입은 할아버지와 할머니가 서 있었다. 머리도
검은색으로 바뀌어 있었다. 뽀글파마를 하지 않았으면 좋겠다
는 할아버지의 그 한 마디에 두 번 다시 파마를 하지 않는 할머
니는 비녀머리 헤어스타일을 양 갈래 땋은 머리로 바꾸었다. 그
것도 머리숱이 적어서 레게머리가 된 채로. 명지가 똥머리라며
웃을 때마다 비녀머리라 부르면 안 되겠느냐고 하던 할머니였

외가체험

다. 신기한 것은 똥머리라고 부를 땐 유행을 좇는 그렇고 그런 머리 모양이던 것이 비녀머리라고 하면 우아해 보인다는 것이다. 또래들은 잘 사용하지 않는, 기품이 서려 있다는 말이 저런 모습이라는 생각까지 들었던 것이다.

명지와 명규는 붙박인 듯 그 자리에 서 있었다.

"영실아, 어서 와."

생뚱맞게도 영실이라니. 할머니의 시선은 명지와 송이를 향했다. 민서가 옆에서 뭐라고 투덜거렸지만 신경 쓸 새가 없었다.

"오랜 만이다."

할아버지가 손을 내밀어서 그 손을 잡으려고 명규가 한 걸음 할아버지 쪽으로 움직였다.

"정말 왔구나, 용수, 너."

할머니가 명규를 용수라고 부르며 함박웃음을 짓자, 할아버지가 말했다.

"상옥아, 용수도 올 거라고 했잖아."

상옥아? 할아버지가 할머니 이름을 불렀다. 명규 손을 덥석 잡으면서. 용수라고? 명지와 명규는 서로 마주보았다.

"외가에서는 명지 네가 영실이냐?"

송이가 명지에게 소곤거렸다. 할머니가 명지를 영실이라고 부를 리가 없었다.

"내가? 널 영실이라 부르셨겠지."
"영실아, 저 친구는 누구니?"

이번엔 할머니의 시선이 분명하게 명지를 향했다. 할머니가 명지와 얘기를 나누는 동안 할아버지가 현관문을 열었다. 턱없이 높게 달린 손잡이를 돌려 문을 열자 동요 '반달'이 흘러나왔다. 노랫소리가 들리자 할머니가 명지에게서 눈을 떼고 현관을 바라보았다.

"안녕하세요, 저는 명지 친구, 송이예요, 할머니."

"으응. 할머니도 왔구나. 할머니도 들어오시라고 해라."

할머니가 도대체 알 수 없는 얘기를 중얼거리며 앞장서서 집 안으로 들어갔다. 높고 컸던 할머니 목소리가 별안간 작고 긴장되는 것 같다. 얼떨떨한 표정으로 명지가 한 발자국 움직일 때 할아버지가 뻣뻣하게 서 있는 명규를 이끌었다.

"명규야, 얼떨떨하겠지만 네가 용수가 좀 되어주어야 되겠다."

민서는 노골적으로 불쾌감을 드러냈다. 비속어가 입에 붙었다. 할아버지가 민서에게 정중하게 악수를 청했다.

"민서야, 우리 집 방문을 선택해 줘서 기쁘구나."

할아버지가 조용히 명지를 바라보았다. 아무 설명이 없는 할아버지다. 할머니가 요즘 드라마의 단골 소재인 치매? 치매라는 말은 아이들끼리 준비물을 잊었을 때도 쓸 만큼 익숙한 단어이긴 했지만, 다른 사람도 아닌 '우리 할머니'가 환자가 되는 경우는 상상조차 해 본 일이 없다. 할머니가 치매인데 엄마, 아빠는 송이와 민서까지 외가에 오게 했다. 민서의 입모양은 '재수없어'다. 자식들의 친구까지 치매 할머니를 일부러 만나게 한 엄마, 아빠. 자리에 주저앉고 싶도록 당황스럽다. 도로 집으로 돌아가고 싶을 만큼 원망스럽다.

당장 행동으로 옮길 수 없었던 건 할아버지 때문이었다. 할아버지의 표정이 복잡했다. 무조건 따라야 한다는 생각이 들 정도로 간절해 보이기도 했다. 외가에 오기 전, 드라마 시청을 즐기지 않는 엄마가 드라마에 열중하고 있어서 같이 보기도 했었다. 드라마 속 할머니는 정신이 오락가락하는 상태였다. 그게 뭐 재미있다고 엄마가 그리도 눈을 떼지 못할까 싶었는데 아빠까지 드라마를 봐서 놀라웠었다. 차라리 드라마 시청 중이면 싶다.

명지는 평소에 할아버지가 가르쳐준 대로 심호흡을 했다. 순간적으로 스쳐간 오만 가지 생각을 일단은 잠재웠다. 할아버지를 바라보았다.

"앞으로는 현관문을 닫고 지내야 한다는 것을 이해해야 될 게다."

"기태야, 뭐해. 애들이랑 빨리 안 들어오고."

할머니가 큰 소리로 할아버지 이름을 불렀다.

"알았어, 상옥아. 지금 들어가는 중이야."

주방에서 할머니 목소리가 들렸다.

"용수는 서울에서 만났니?"
"영실이가 재너머에서 용수 만났대."

　할아버지가 명지와 명규 대신 대답을 했다. 마을 입구 도로
가 확장될 때 같이 사라져버렸다는 '재너머'가 등장했다. 엄마
가 어렸을 때 할아버지, 아저씨, 삼촌 할 것 없이 남자 어른을
찾는 심부름을 하러 곧잘 갔었다는, 말로만 들어본 주막이 있었
다는 거기, 재너머는 경사가 완만한 나지막한 언덕길이 흔적의
전부였다.
　현관에 들어서자 벽에 걸린 커다란 시계가 눈에 들어왔다.
예전부터 걸려 있던 일력은 벽시계와 아래위로 그 자리를 지켰
다. 탁상 달력도 별로 바라볼 일 없는 생활이라 일력은 골동품
을 보는 것 같았다. 일력 낱장을 서로 뜯어내려고 명규와 다투
기도 했었다. 벽시계는 아무런 장식도 없이 1부터 12까지 숫자

만 명확하게 보이는, 교실에나 걸려있을 것 같은 모양이다. 시침이 11에 다가가 있었다.

"영실아, 어서 이리 들어와. 점심 먹자, 우리."

아직 11시도 되지 않았는데, 점심이란다. 민서가 소파에 아무렇게나 털썩 앉으며 불쑥 내뱉었다.

"미친 망구 봐 주면 뭐 주는데요?"

민서의 말에 방어본능이 용솟음쳤다. 미친 망구가 아니라 우리 할머니다. 명지가 주먹을 불끈 쥐었다.
휴대폰 진동 소리가 났다. 엄마다. 그렇지 않아도 엄마에게 전화를 해 보려던 참이다.

"미안하다, 명지야, 미리 말해주지 않아서. 미안해."

휴대폰을 타고 들려오는, 뭐라고 항의조차 할 수 없도록 너무나도 착 가라앉은 엄마 목소리를 대답도 없이 듣기만 했다. 울먹임을 꾹꾹 누르는 듯한 엄마 목소리를 들으며 주방으로 들

외가체험

어갔다.

"어서 와, 영실아. 이제 애기는 없네. 넌 무전기도 가지고 있니?"

애기? 무전기?

"요즘 유행이래. 애기도 업고, 무전기도 들고."

명지가 무음 처리한 TV처럼 입술만 움직일 때, 할아버지가 주방으로 와서 명지 대신 대답했다. 할아버지가 현관 앞에서 보여준 그 시선으로 명지를 바라보았다. 할아버지가 매우 빠르게 속삭였다.

"할머니는 지금 여고 시절이셔."
"용수에게 무전기 맡겨놓고 올게요."

거실에 있는 명규에게도 들리도록 큰 소리로 말했다.

"누나까지 왜 그래?"

명규가 볼멘소리를 했다. 명규는 용수라고 불릴 때부터 지금까지 한 마디도 하지 않았었다. 민서가 미친 망구라고 했을 때도 바닥만 내려다보고 있었다. 명지는 명규를 향해 검지를 들어서 입술에 붙였다.

"조용. 비상이야. 일단 급적응 모드, 알지?"

명지가 하고 싶은 말은 따로 있었다.
'민서 보내야 되는 거 아냐?'
명지는 할머니 덕분에 애기가 되어버린 가방 네 개를 한쪽으로 밀쳐놓았다.

"용수야, 박미애 여사에게 편지 보내는 건 네가 해."

명지가 주방으로 가면서 명규에게 말했다. 군이 문자가 아닌 편지라는 낱말을 골랐다. 7080 교복 때문일 것이다.

"어머, 미애도 왔니? 안 들어오고 뭐 한다니."

할머니가 살짝 귀가 어두워지고 있다고 엄마가 걱정하지

않았나? 아니었나? 할머니가 미애를 알아듣고 반가워하고 있다. 모든 게 뒤죽박죽이 된 거 같다.

"아니야, 상옥아. 용수가 미애한테 편지 쓴대."

할아버지가 할머니에게 건네는 말이 매우 짧다. 할아버지가 말하자 할머니가 앞치마에 손을 닦으며 대꾸했다. 앞치마 밑으로 7080 교복이 드러났다.

"용수에게 편지지 갖다 주려고. 나도 미애에게 할 말이 있거든."

할머니가 미애라는 이름을 반기는 게 좋은 걸까, 아닌 걸까.

"아직은 필요없어요. 뭘 쓸지 용수가 생각해 본대요, 할머니."
"할머니 오셨니?"

두 번째다. 틀림없이 할머니는 할머니라는 낱말에 지나치게 긴장을 한다.

"상옥아, 영실이는 할머니께 편지 쓴대."

"기태 너는 나보다 영실이와 더 친하잖아."

할아버지가 명지에게 눈을 찡긋해 보였다. 명지도 할아버지에게 미소를 보내며 고개를 끄덕였다.

"상옥이 넌 나보다 용수하고 더 친하잖아."

할머니가 까르륵 웃음을 터뜨렸다.

"우리 상추 쌈 싸 먹자."

"그러자. 가서 상추 따올게."

송이가 냉큼 대답을 했다. 송이의 배짱은 알아줘야 한다.

"송이야, 할머니랑 친구 되기가 어찌 그리 쉽냐? 난 입이 안 떨어져."

"그 정도 갖고 뭘 그러냐. 뭐가 뭔지 모르겠지만, 지금은 상추가 있으면 되는 거잖아. 가자, 명지야. 상추밭은 어딨니?"

송이가 명쾌하게 상황을 정리했다. 외가에 처음 온 송이는 명지 이야기 속에서나 만났던 외가에 오래 살았던 것 같다. 송이와 함께 소쿠리를 들고 뒷산 상추밭으로 갔다. 할아버지는 외가체험을 위해 여름상추 씨를 뿌렸다. 장마에도 할아버지의 상추밭은 별다른 피해가 없었다. 긴 이랑에서 자라는 상추는 명지가 들어선 입구의 반대편 쪽은 잡초가 무성하다. 이런 텃밭의 모습은 처음이다. 할머니가 떠올랐다. 가슴이 찌르르 아팠다.

명지는 송이에게 이 황당한 상황을 어떻게 설명해야 할지 몰랐다. 이런 상황인 줄도 모르고 같이 오자고 했던 것을 사과하고, 명지는 외가에 머물겠지만 송이까지 그럴 필요는 없으니 돌아가더라도 섭섭해 하지 않겠노라고. 송이를 붙들고 횡설수설하던 명지가 울음을 터뜨렸다. 할머니가 치매라니.

"명지야, 난 너네 할아버지 믿어."

울고불고 하던 명지를 송이는 단번에 진정시켰다.

이번에는 송이가 명지를 붙들고 얘기하기 시작했다. 명지만 괜찮다면 예정대로 외가에 있다가 갈 거라고. 명지가 받은 충격을 그대로 이해할 수는 없겠지만 할아버지가 허락했기 때문에 아이들이 외가에 올 수 있었던 만큼 틀림없이 할아버지의 깊은 뜻이 있을 거라고. 명규와 민서는 덜 심각해 보이는데, 명지가 갈팡질팡하면 남자애들까지 갈피를 잡을 수 없을 거라고.

"스릴, 서스펜스. 이런 말이 어울리긴 하나 몰라. 명지야, 우리 해 보자."

송이가 명지를 향해 주먹을 내밀었다. 송이 주먹에 주먹 파이팅을 했다. 혼자가 아닌 둘이라는 게 한없이 고마웠다.

명지가 송이 손을 이끌어 상추밭으로 들어갔다. 장다리가 올라간 상추를 보고 송이가 신기해했다.

"송이야, 상추가 한국사 책에서 보던 황룡사 구층목탑 같지 않니?"

마음을 가라앉힌 명지가 웃으며 말했다. 역사는 흥미로운 과목이다. 역사에 관심이 있는 것이 할머니 영향인지도 모르겠다.

그만 내려갈까 할 때 할아버지와 함께 할머니가 상추밭으로 올라왔다. 할머니가 상추를 따려고 허리를 구부릴 때 할머니 목에 걸린 목걸이가 흔들거렸다. 회사원들이나 걸고 다닐 사원증 목걸이를 닮았다. 명지가 가까이 다가가서 목걸이를 들여다

보았다. 할머니가 짜증을 내며 목걸이를 거추장스러워하는 바람에 자세히 볼 수는 없었지만, 할아버지, 할머니 이름이며, 연락처가 적힌 것 같았다. 신분 목걸이다. 할머니는 기어코 신분 목걸이를 빼버렸다. 할아버지가 할머니에게 다가가서 할머니를 달랬다.

"사랑해, 상옥아. 목걸이가 아주 잘 어울려."

잠시 할아버지 손에 있던 신분 목걸이를 다시 할머니 목에 걸어주자 할머니가 순순히 받아들였다. 할아버지는 평소에도 갖은 기념품으로 할머니 목걸이를 만들곤 했다. 외가에 온갖 재활용품과 공구를 넣어두는 헛간 건물도 할아버지가 지었다고 했다. 이 세상에 단 하나밖에 없는 목걸이라고 할머니가 소중하게 간직하는 걸 자주 보았다. 외출할 땐 언제나 각양각색의 목걸이 중에서 옷차림에 어울리는 목걸이를 골랐다. 할머니는 기념품목걸이 대신 이제는 할아버지가 만든 신분목걸이를 목에 걸고 있었다.

신분목걸이를 다시 목에 건 할머니가 다짜고짜 상추를 뽑아서 뿌리를 땅에 탁탁 털었다. 뿌리에 붙은 흙덩이가 떨어져 나가자 할머니가 깔깔거렸다. 할머니가 한 행동을 그대로 해 보이면서 할아버지가 큰소리로 웃었다. 할머니에게 뽑힌 상추가 제법 많다. 몇 뿌리의 상추만 들고 할머니는 할아버지와 되짚어 산을 내려갔다. 명지도 송이와 함께 상추 소쿠리를 들고 산을 내려왔다.

줄곧 상추쌈만 먹게 되는 건 아닌가 걱정스럽다. 달걀을 구워야 하지 않을까. 명지는 내일 아침부터 송이와 닭장으로 가서 달걀을 수확할 생각을 했다. 냉장고에 들어있는 밑반찬이 낯익었다. 메이드 인 엄마. 아니, 메이드 바이 엄마다. 집에서 할머니가 만든 밑반찬을 먹곤 했는데, 외가에서 엄마가 만든 밑반찬을 보게 되다니.

그럭저럭 두리반 점심상이 차려졌다. 모든 그릇은 스테인리스거나 플라스틱 재질이었다. 부르지 않았는데 명규가 민서를 데리고 주방으로 와서 두리반을 거실로 옮겼다. 상을 들지를 말든지, 민서는 상을 옮기면서도 끊임없이 비속어를 중얼거렸다.

할머니가 식칼을 들고 밥상 앞에 앉았다.

"배추뿌리 깎아 줄게."

"상옥아, 배추뿌리는 더 굵어져야 돼. 우리 상추 싸서 밥부터 먹자."

외가체험

할아버지가 상추로 쌈을 싸서 할머니 입에 넣어 주었다.

"칼은 이리 줘. 내가 치워 놓을게."

할아버지가 차분하게 할머니 손에 든 칼을 잡으려 했다.

"싫어."

할아버지 손이 다가오자 할머니가 식칼을 든 손을 휘저었다. 가까이에 있던 송이와 명규가 벌떡 일어났다. 할머니는 숫제 칼부림이었다.

"사랑해, 상옥아. 우리, 밥 먹자."
"밥부터 먹고 싶어."

명규가 할아버지 말에 맞장구를 치자 할머니가 명규를 이윽히 바라보더니 식칼을 든 손을 높이 들었다. 명규가 그 자리에서 움직이지 않고 빙그레 웃으며 할머니를 바라보았다. 그제야 할머니가 밥그릇 옆에 식칼을 살며시 놓았다.

할머니는 이해할 수도 없는 얘기를 끝없이 늘어놓았다. 할머니 얘기에 등장하는 사람들 중에는 엄마 이름 미애뿐 아니라 준우도 있었다. 준우는 아빠 이름이 아니었다. 할아버지가 상추쌈을 할머니 입에 넣어 주면서 세상에서 가장 재미있는 이야기를 듣고 있다는 표정을 지었다. 할아버지 태도가 워낙 진지했다. 프로그램이 입력된 로봇 같이 모두가 한동안 고개를 끄덕였다. 문득 민서가 더럽게 맛없다며 밖으로 나가버렸다. 명규도 물러나 민서를 따라나갔다.

명지가 밑반찬에는 거의 손도 대지 않고 상추쌈으로만 밥 한 그릇을 비웠을 때다. 기다렸다는 듯이 할머니가 상추뿌리와 칼을 들었다. 굵은 뿌리가 새끼손가락 굵기도 채 되지 않는 상추뿌리는 당연히 깎기가 어려웠다. 할머니가 손을 베었다. 피가 났다. 할머니가 화들짝 놀라서 울기 시작했다. 할아버지가 할머니 손을 잡고 호호 불며 할머니를 데리고 일어섰다. 손을 교복에 문지르는 바람에 교복에 피가 묻었다.

할머니에게 교복을 갈아입는 게 좋겠다는 조언을 했다. 목소리를 한껏 낮추었다. 할머니가 교복을 벗으러 안방으로 들어갔다. 조금 있다가 할아버지도 옷을 갈아입겠다며 미닫이문을 열었다. 잠시 후에 할머니의 비명 소리가 들렸다. 할머니가 속옷 바람으로 방문을 열고 나왔다. 할아버지도 속옷만 걸쳤다.

"뭐야, 너! 여기가 어디라고 남학생이 들어와."

언제나 자초지종을 조근조근 말하곤 했던 차분한 할머니의 목소리와는 거리가 멀었다. 영화며 드라마며 온갖 버전의 춘향전에서 한결같이 춘향이 같던 할머니가 갑자기 향단이나 월매가 된 것 같았다. 할아버지는 할아버지대로 손주들이 죽 서서 보고 있는데도 속옷 바람인 채 천천히 건넌방으로 들어갔다. 할머니 비명 소리에 황급히 현관에 들어섰던 명규와 민서가 두리반을 주방으로 옮겼다. 누가 먼저랄 것도 없이 명지와 송이는 안방으로 들어갔다. 혼자 옷을 갈아입고 있던 할머니가 막 바지 위에 놓인 양말을 집어 드는 순간이었다. 옷이 반듯하게 정돈되어 있는 것이 이상할 것은 없으나 위아래 옷들이 섞여서 차곡차곡 쌓여 있는 게 낯설었다. 할머니는 위에 놓인 것부터 차례로 착용하는 중이었다.

할머니가 나가라는 손짓을 하는 바람에 명지와 송이는 방을 나와 소파에 털썩 주저앉았다. 그제야 외가 벽이 전보다 훨씬 밝은 색으로 도배된 모습이 눈에 들어왔다. 취향이 전과 달라졌다. 은은하고 점잖은 분위기의 외가가 아니라 초등학교 건물에서나 느낄 것 같은 밝고 명랑한 느낌을 주었다. 방금 나온 안방 벽은 녹색 계통의 단순한 도형 무늬가 있는 벽지로 도배가 되어 있었다.

생각에 잠겨 있는 관객 앞으로 할아버지와 할머니가 짠, 등장했다. 교련복 패션이었다. 건넌방 열린 문으로 행거가 보였다. 행거에는 수많은 7080 교복과 교련복이 걸려 있었다. 옷 가게나 대여복 전문점 수준이었다. 그제야 엄마가 인터넷 쇼핑에 몰입하던 모습이 떠올랐다. 엄마가 갖가지 상호를 클릭하며 7080 교복 가게에 접속했었다.

무슨 교복이 유아복까지 있담. L사이즈가 무난하겠지. 고무줄 허리가 편리할 거야. 단추는 장식이고 벨크로로 되어 있어서…….

그런 말들을 중얼거렸었다. 명지는 유행하는 복고 열풍에 엄마가 동참하는 줄 알았었다. 그런 옛날 교복들을 구매하여 온 식구들 나들이옷으로 하자고 의욕을 부릴까 봐 염려했었다. 주문 상품 금액이 얼마 이상이면 무료 배송이니 특별 할인이니 하는 거며, 고객 단순변심 어쩌고 하는 걸 보면 묘하게 그 덫에 걸리기 쉬워서.

명지가 벌떡 일어나 건넌방으로 들어갔다. 건넌방과 안방 벽지는 아주 달랐다. 호기심이 일어 나머지 작은방을 유심히 보았다. 벽지만으로 세 방이 확연히 구분이 되었다. 달라진 벽지만큼이나 외가가 지금까지와 다른 모습으로 머리를 두드렸다. 옷을 갈아입으려고 닫아놓은 방문이 열리면서 송이가 들어왔다.

"너도 교련복 입으려고?"
"너도 그래?"

명지와 송이는 팔딱팔딱 뛰며 웃었다.

"명지야, 우리 이러다가 유격 훈련하러 가는 거 아니냐."
"딴세상이야, 송이야."

교련복을 입고 거실로 나가자, 명규와 민서도 슬며시 건넌
방으로 들어갔다. 왜 들어가느냐고 묻지 않아도 뻔했다.

인터뷰

"상옥아, 우리 원기소 먹자."

할머니는 몹시 반가워하며 알약을 받아 입으로 가져갔다.
할머니가 잠자리에 들자 할아버지는 선풍기를 가장 약한 바람으로 회전시켜 두고 집밖으로 나가려 했다.

"할아버지, 할머니가 잠이 깨시면 저희들끼리 어떻게 해야 되죠?"

잠시 입고 있던 교련복을 아이들은 죄다 벗었다. 70, 80년 대와 아이들은 아무런 관계가 없었다. 더위를 견디어내야 할 만큼 대단한 추억이 있는 것은 당연히 아니었다. 그냥 더웠다.

"염려 마라. 방금 잠 드셨으니 한 시간은 주무실 게다. 낮잠 시간이거든."

여전히 교련복 차림인 할아버지는 밖으로 나가 그늘진 평상에 앉아서 집 쪽을 바라보았다. 송이가 밖을 내다보았다.

"명지야, 할아버지가 우리를 기다리시는 거 아냐?"

명규가 송이 옆으로 가서 밖을 내다보았다.

"송이 누나 말이 맞는 것 같아."

명규가 신발을 신었다. 바깥으로 나가는 데 뭐 그리 복잡하
냐고 중얼거리며 민서가 따라나섰다. 송이가 명지에게 손짓을
하며 밖으로 나갔다. 명지는 잠든 할머니를 바라보았다. 잠든
할머니는, 깔깔거렸을 때처럼 평화로워 보였다. 인자하고 속이
깊은 모습으로 곁을 지켜주던 할머니가 아니라, 이렇게 표현해
도 된다면 귀엽고 천진난만한 아기 같았다. 잠든 할머니는 교련
복을 입고도 땀을 흘리지 않았다.

안방엔 텔레비전과 전화기와 할머니가 아끼는 장롱만 놓여
있었다. 전화기가 낯설어 보여서 가까이 갔다. 번호판이 매우
큰 전화기의 1번 자리에 할아버지 사진이 붙어 있었다. 2번에
는 엄마 사진이, 3번에는 적십자 그림이 숫자를 대신했다.

2단으로 된 전화기 받침대에는 책이 놓여 있었다. 할머니가
책을 즐겨 읽으니 할머니 책일 것이다. 책을 읽는 할머니. 좀은
안심이다. 할머니에게 충격적인 큰일은 생기지 않았음에 틀림없
다. 틀림없이 그럴 거다. 애써 마음을 진정시켰다. 무심코 책 제
목을 보았다. '반구대 고래길'. 할머니가 고래에 관심이 생겼나

외가체험

보다. 반구대 고래길 아래로 라벨이 붙어 있는 책이 몇 권 더 있었다. 도서관 방문도 계속되고 있다.

여전히 책이라고?

영실이니, 용수니, 상옥이니 하던 것은 뭔가, 7080 교복은? 식칼로 상추 뿌리를 깎으려는 할머니는? ……?

놀이공원에서 청룡열차라도 탄 것 같다.

눈길을 돌려 천천히 사방을 살폈다. 녹색 도형 벽지를 보니 아늑했다. 마음을 가라앉혔다. 벽지가 이런 효과도 낼 수 있구나 싶었다. 할머니. 할머니에게 무슨 일이 생긴 건 틀림없지만, 명지와 명규가 천천히 알아도 되는 일이라고 자신을 설득시켰다. 아니, 다른 누구도 아닌 할머니에게 무슨 일이 생겼을 리가 없다. 아까부터 그렇다, 아니다를 끝없이 반복하고 있었다. 할아버지에게로 가려는 발걸음을 서둘렀다.

밖으로 나가니 평상에 명지가 앉을 자리를 비워 두었다.

"명지야, 현관문 닫고 오너라."

명지가 평상으로 오자 할아버지가 얘기를 시작했다.

할머니의 증세를 알았을 때 매우 놀랐다. 많은 책자를 읽어 보고 전문의와 상담을 했다. 전문가 모두가 고개를 저었다. 그러나 결코 할머니와의 삶을 여기서 포기할 수는 없었다. 할 수 있는 모든 일을 하면서 지금까지 그랬던 것처럼 할머니와 같이 세상 끝까지 가리라 다짐했다. 예측할 수 없는 어느 때에 할머니가 갑자기 과거로 돌아가더라도 당황하지 않기로 했다. 할머니는 말투가 달라진 그대로, 행동이 바뀐 그대로 할머니인 채 할아버지 곁에 있기 때문이었다.

할아버지 얘기가 갑작스러운 것은 지난해 외가체험을 할 때만 해도 할머니가 어디 편찮다는 생각은 조금도 들지 않았었기 때문이다. 모든 병은 전조 증상이 있다고 하지 않는가. 할머니라고 왜 없었겠는가. 뭔가 예전 같지 않아서 할머니와 함께 병원을 찾았다. 기본 검사에서 할머니는 지극히 정상이었다. 이상해서 병원을 찾으면 정상이라는 소견을 들은 게 여러 차례 되풀이 되면서 체계적으로 정밀 검사를 받아보기로 했다.

알츠하이머병.

노인성 치매.

할아버지 얘기를 듣고도 실감이 나지 않았지만, 7080 교복, 상옥이, 기태, 영실이, 용수, 현관문, 벽지, 전화기, 상추, ……. 한꺼번에 몰려와 미처 의문을 해소할 새도 없었던 모든 조각이 제자리에 들어가서 퍼즐이 완성되었다. 할머니라는 말을 들을 때마다 긴장하던 할머니 모습도, 혹시 ……?

할머니는 자주 여고시절로 되돌아가곤 한다. 그러나 여고 시절로 돌아갔음을 확인할 때가 반갑다는 할아버지다. 아예 어느 시절인지 모르는 과거로 돌아갈 때도 많으니까.

넉넉한 집의 귀한 딸이었지만 할머니의 할머니는 손녀를 무척 차별했다. 목소리가 크기로 유명한 할머니의 할머니는 남존여비 사상이 뿌리 깊이 박혀 있었다. 할머니의 할머니는 손자에게만 원기소를 먹였다. 할머니는 돈이 없어서가 아니라 손녀이기 때문에 원기소를 먹지 못했다. 그래서 할아버지는 병약을 원기소라 하고 할머니가 먹게 한다.

"할아버지, 원기소가 뭐예요?"

송이가 물었다.

"예전에 먹었던 국민영양제."

민서가 스마트폰 검색 결과를 말했다.
할아버지의 말이 이어졌다.

"없는 것도 많고, 귀한 것은 더 많았지만 종종 그때가 그리워."

　할아버지는 어린 시절부터 할머니 집에서 남의집살이를 했
다. 할아버지는 할머니 집에서 허드렛일을 해 주고 숙식을 제공
받으며 학교에 다닐 수 있었다. 할머니의 할머니는 앞길이 구
만 리인 할아버지를 어떤 방법으로든 도와주고 싶어 했다. 머슴
을 살면서도 학교에 갈 수 있었던 것은 할머니의 할머니 덕분이
었다. 할머니 집에서 입주 가정교사 노릇을 하며 학교에 다니던
다른 한 명이 있었으니, 준우다. 할머니는 준우 오빠, 준우 오빠
하면서 몹시 따랐다. 할머니의 할머니는 준우를 손녀사위로 점
찍어놓았다. 할머니의 할머니가 할머니를 따뜻한 시선으로 바
라볼 때는 훗날 준우 색시가 되는 얘기를 할 때뿐이었다. 할머
니의 할머니가 천둥 같은 소리로 얼마나 자주 트집을 잡으며 할
머니를 꾸중했는지 할머니는 할머니의 할머니 목소리만 들어도
놀라곤 했다.

　할아버지 얘기는 대충 이런 것이었다. 중간 중간 아이들의
질문에 대답도 하면서 여름날 오후처럼 느릿느릿 할아버지의
이야기가 이어졌다.

　"준우는 대학에 진학한 후 두 번 다시 고향에 내려오지 않

왔다."

할아버지의 지금까지 얘기가 잔잔한 수면이었다면 대학에 진학한 준우가 고향에 내려오지 않았다는 말을 할 때의 할아버지 목소리는 폭풍우가 몰아치는 밤바다 같다.

"기태야, 어디 있어. 기태야, 기태야."

별안간 할머니의 목소리가 들렸다. 할아버지가 허둥지둥 평상을 내려갔다.

낮잠 시간이 한 시간은 된다더니.

할아버지가 뒤를 돌아보면서 말했다.

"한 시간이 반 토막 나도 그러려니 하는 데 시간이 꽤 걸렸다, 명지야. 너희들이 오는데도 마중 못간 나를 이해해 줄 수 있겠니?"

할아버지가 잠시 멈춘 그 순간에 할머니가 울음을 터뜨렸다.

"사랑해, 상옥아. 나 여기 있어."

허둥거리는 발걸음과 달리 할아버지 목소리는 더없이 평온하고 차분했다. 할머니의 갑작스러운 행동을 가라앉힐 때마다 할아버지는 사랑한다고 했다. 할머니가 차분해지는 것은 사랑한다는 말의 힘일까, 할아버지 목소리 덕분일까. 현관문이 열리고 동요 반달이 흘러나왔다. 할머니의 울음이 뚝 그쳤다. 할아버지가 거실로 들어섰다.

"기태 너, 또 영실이랑 같이 있었지."
"용수도 같이 있었어, 상옥아."
"우리집에 좋은 텔레비전 있어. 천연색이야. 우리, 같이 연속극 볼래?"

할머니와 할아버지가 안방으로 들어갔다.

"송이야, 민서야, 외가체험이 제대로 되지 않을 것 같은데 어쩌냐?"
"또 그 소리. 너한테 책임 없어. 내가 선택한 거야."

스마트폰으로 알츠하이머병을 검색하던 송이가 상냥하게 말했다. 송이의 대답에 명규도, 민서도 후다닥 스마트폰 액정

외가체험

을 기본으로 바꾸는 걸로 보아, 무얼 검색하고 있었는지 짐작
이 갔다.

"또 복잡하네, 명지 누나. 미쳤든 말든 먹고, 자고, 놀다 가
면 되는 거잖아. 얌마, 안 그러냐?"

민서가 명규 다리를 툭 찼다. 민서에게 명규는 얌마였다.

"누나, 민서야. 나 좋은 생각 떠올랐어."

명규가 스마트폰을 보여주었다. '농촌 어르신들, 청소년
들과 연극 무대에 서다'라는 신문 기사였다. 기사에는 할머니,
할아버지가 중심이 되어 무대에서 뭔가를 하는 사진이 실려
있었다.

"우리도 할머니, 할아버지와 연극을 해 보는 거야."
"연극?"

세 명이 동시에 외쳤다.

"쪽팔리게, 연기하라고?"

명지가 보고 있는데도 민서가 명규 머리를 쥐어박았다. 명규는 아랑곳하지 않았다.

"이 마을에는 할머니, 할아버지가 많이 사셔. 고령화 사회니까 어느 마을이라도 비슷하겠지만. 우리도 할 수 있을 거야. 굳이 무대가 따로 없어도 될 것 같아. 그냥 마을회관에서 공연하면 되지, 뭐. 우리 할아버지와 할머니가 등장하시는 거야."
"할머니까지? 명규야, 뭔 소리야?"
"할아버지 어렸을 적 이야기 들을 때, 이 기사를 보게 됐거든. 난 이 기사를 보니 딱 감이 오는데, 모두들 안 그래?"

'어르신'과 '연극'을 검색어로 입력하자 바로 기사를 찾을 수 있었다. 기사를 읽었지만 딱 감이 오지는 않았다. 매일 '연극'을 검색하는 사람하고 같을 수야 있나. 하지만 기사에 인용된 지도교사의 말은 신선했다.

청소년들이 가족 조부모 이외의 조부모들과 어울려 연극을 한다는 아할아할 프로그램은 새로운 커뮤니티 구성

외가체험

을 시도한 것입니다. 가족공동체를 적극적으로 회복한다는 의미에서 할머니, 할아버지를 단체로 입양하여, 대가족 문화 전통을 마을 단위로 되살려 보자는 의도로 기획되었습니다.

"간단하게 말하면 우리가 할머니, 할아버지의 지난 삶을 인터뷰하여 녹취록을 작성해. 그 녹취록을 희곡으로 각색하는 거지. 전문 연극인이 지도해 주면 좋겠지만, 그냥 우리끼리 연극을 만들어보는 거야. 무슨 대회에 출전하는 것도 아니고. 재밌잖아?"
"인터뷰하는 건 나도 찬성. '백 투 더 퓨처', '백 투 더 패스트'. 오우케이, 명규?"

송이가 얼굴이 발그레해졌다.

"인터뷰? 그건 땡기네. 녹음이 필요하겠네."

민서가 스마트폰으로 자신의 가슴을 툭툭 쳤다. 민서가 삐딱선을 타지 않을 때도 있었다. 꼼짝없이 인터뷰를 같이 하게 생겼다. 명지도 무슨 말이든 해야 할 것 같았다.

"녹취록은 어떻게 정리할 건데."

"걱정 마. 내 폰, 워드 돼."

명규가 큰소리를 빵 쳤다. '아빠처럼' 때문에 챙겼다가 부피와 무게가 다 우선 순위에서 밀려나서 탈락시킨 노트북 때문에 아쉬워한 것은 송이만이 아니었다. 명지는 모두에게 윤아가 올 거라는 소식을 전했다. 외삼촌의 딸, 외사촌 윤아가 하루 늦어 합류하기로 했다. 윤아에게 노트북을 가져오라고 하는 거다. 갑작스레 윤아가 화제의 중심이 되었다.

"민서야, 네가 녹음하면, 윤아 누나가 그걸 각색하면 돼. 윤아 누난 작가지망생이거든."

"작가? 그럼 내가 그 누나 똘만이가 되는 거잖아."

"싫어? 윤아 누나와 안 되겠냐?"

명규는 숫제 민서에게 사정을 하고 있었다.

"윤아도 온댔냐?"

느닷없이 들려온 할아버지 목소리에 모두들 동시에 입을

외가체험

다물었다. 떠들썩하느라고 현관문이 열리는 소리도 듣지 못했다. 할아버지 손에는 애호박 한 덩이가 들려 있었다.

"할머니는요?"

명지가 물었다.

"이 호박, 인물 좋지?"
"인물 좋은 호박도 있어요, 할아버지? 호박이 아니라 할머니는요?"

하긴 애호박이 예쁘게도 생겼다. 색깔도 그만이었다. 그냥 초록색이 아니다. 자연이 만든 색깔은 신비롭다. 왜 못생긴 얼굴을 호박 같다고 하지? 송이가 한 번 더 할머니 상황을 물었다.

"드라마 보다가 잠이 드셨어. 한 시간 남짓 낮잠을 자야 기분이 좋아지시는데, 조금 전엔 너무 일찍 잠이 깨어 걱정했단다. 그런데, 명지야, 무슨 의논들이냐?"

"할아버지, 명규가 마을회관에서 연극 하재요."

"할머니 때문에 그런 생각을 했구나. 미안하다."

"아니에요, 할아버지. 재밌을 거 같아요."

송이가 상냥하게 말을 이었고, 남자애들도 의욕을 불태웠다. 명규가 아이들에게 안내했던 내용을 할아버지에게 다시 설명했다. 설명을 다 들은 할아버지가 겨우 1주일 만에 그 많은 일들을 할 수 있겠느냐고 걱정했다. 명규가 어렵사리 할아버지의 찬성표를 얻었다. 명규만큼 환히 감이 온 것은 아니지만, 할아버지도 찬성을 하니 용기가 솟았다.

"지금부터 할아버지를 인터뷰할게요. 조금 전에 준우라는 분에 관해 말씀을 하실 때 매우 화가 나 계신 것 같았어요. 제 생각이 맞아요, 할아버지?"

송이가 먼저 질문을 했다. 할아버지가 쑥스러워 하면서 다른 얘기로 유도했지만 좀처럼 송이가 물러나지 않아 결국은 할아버지가 준우 얘기를 할 수밖에 없었다.

"준우라. 그 이름만 나오면 나도 모르게 분별이 없어지는데, 이 나이가 되어도 안 되니, 원."

준우는 할아버지보다 두 살이 더 많았다. 할머니는 꼬박꼬박 준우 오빠라고 불렀지만 할아버지는 단 한 번도 준우 형이라고 부른 적이 없었다. 준우는 좋게 말하면 반듯하고, 나쁘게 말하면 계산적이고 차가웠다. 준우에게 할머니는 돈은 있지만 머리에 든 건 없는 형편없는 계집애일 뿐이었다.

준우는 잘 생긴 얼굴에, 큰 키에, 목소리까지 좋았다. 공부도 수석이고, 운동도 잘해서 마을의 모든 여자애들의 마음을 흔들어놓았다. 준우는 단 한 명의 여자애에게도 특별한 관심을 보이지 않았는데, 그게 또 여자애들을 설레게 했다. 준우가 마을의 여자애들 마음을 사로잡아서가 아니라 다른 누구도 아닌 할머니를 얕잡아보고 업신여겨서 청소년이었던 할아버지를 분노가 치밀게 했다. 준우가 할머니 마음을 얼마나 아프게 했는지. 할머니는 준우 때문에 자주 할아버지 앞에서 눈물을 보였다. 그럴 때마다 준우를 어쩌지도 못하는 무력감에 할아버지는 치를 떨었다.

할머니의 할머니는 준우만 보면 드러내놓고 손녀사위 대접을 하곤 했다. 준우는 할머니의 할머니에게도 오만하기 짝이 없었다. 서울의 명문 대학에 합격하자 할머니의 할머니가 바로 입학금을 내주었다. 고맙다며 서울로 간 준우는 소식을 끊었다. 할머니의 할머니는 할머니를 소박데기 취급을 했다. 할머니의 어머니는 평생 처음으로 할머니의 할머니를 거역했다.

"할머니의 어머니. 나를 인간적으로 우뚝 서게 해 주신 한 분, 장모님이 나를 불러 할머니와 혼인하라고 하셨다. 난 장모님께 평생 할머니를 지키겠노라고 스스로 나서서 맹세했다."

할아버지가 할머니에게 꼭 해 주고 싶은 일이 있었다. 준우를 만나게 해 주는 일이었다. 백방으로 노력했지만 준우를 찾을 수가 없었다.

"할머니가 여고생으로 되돌아가시기 때문이 아닐까요, 할아버지?"

"아니다, 송이야. 할머니는 속이 깊은 사람이다. 그런 사람이 준우를 꼭 한번 만나고 싶다는 말을 한 적이 있었다, 오래 전에 말이다."

준우가 미국으로 이민을 갔다는 사실을 알게 되었다. 경찰인 외삼촌의 힘을 빌렸다. 사적인 일을 외삼촌에게 부탁하는 것이 할아버지에게 있을 수 없는 일이었지만 이 일만은 어떤 불명예스러운 일이 일어나더라도 감수할 생각이었다.

"네 외삼촌이 얼마 전에 준우 소식을 전해 왔단다. 미국에서 돌아왔다고. 그런데 그땐 이미 할머니가 실인증이 진행되고 있었다. 누군지 사람을 알아볼 수 없을 때가 많아진 거지. 어떻게 하면 좋을지 고민 중이다."

지금도 할머니가 준우를 만나고 싶을까. 명지는 할머니가 준우를 알아볼 리가 없다는 생각이 들었다. 아무리 할머니가 준우를 오빠라고 부르며 따랐다고 해도 할아버지가 할머니 곁을 지킨 세월이 얼만데. 할아버지와 할머니는 금슬이 좋다고 소문이 자자하다. 준우 소식을 몰라 할머니가 무척 괴로워했다면 그건 다른 이유가 있을 거다.

"준우라는 분이 떠났을 때 할머니도 그분을 잊으셨을 거예요, 할아버지."

"우리 명지가 다 자랐구나, 할아버지를 위로할 줄도 알고. 허허허. 너희들이 내 말을 이해해 줄지 모르겠다만, 난 할머니 가슴에 준우가 있어도 괜찮아. 할머니 가슴 속에 온통 준우밖에 없어도 나에겐 똑같은 할머니다. 내겐 천하에 둘도 없는 나쁜 놈이 준우지만, 할머니 가슴에 새겨진 준우는 나에게도 더없이 소중한 존재다."

할아버지가 빙긋이 미소를 지었다. 할아버지는 할머니가 쉬이 알아볼 수 있을 때 준우가 돌아왔었다면 하는 것이 못내 안타까운 모양이었다. 준우를 조금이라도 빨리 찾았어야 했다고 탄식했다. 명지에게 영실이라고, 명규에게 용수라고 부르는 할머니가 준우를 알아본다고? 어림없는 일이다. 절대로 할머니에게 그런 일은 일어나지 않을 것이다. 할머니에게 준우라는 인물이 그리 대단한 존재일 리가 없다. 이 일만은 할아버지가 판단을 잘못 내렸을 거다.

송이답지 않게 무척 오랜 시간을 말없이 할아버지 얘기에 귀를 기울이던 송이가 드디어 입을 열었다.

"할아버지, 금방 사랑에 푹 빠졌다가도 금방 식는 ……."
"금방 사랑이 불타올랐다가 금방 식어버리는 요즘 세대들을 보시면 어떤 생각이 드세요?"

할아버지를 부른 사람은 송이였는데, 말을 잇지 못하는 송이 대신 명지가 물었다. 송이가 이런 걸 묻고 싶어 했는지는 알수 없다.

할아버지가 살아온 시대와 명지가 사는 시대가 다르다는 말부터 할아버지의 대답은 시작되었다. 할아버지 세대는 멋진 산길을 걸어가면서도 아름다운 경치를 감상할 수 없었다. 한 모퉁이를 걷는 데 몇 십 분씩 같은 경치를 바라본다는 것은 빛바랜 벽에 걸린 낡은 액자를 보는 것과 별로 다르지 않기 때문이다. 그러나 명지 세대는 자동차를 타고 멋진 산모퉁이를 몇 십 초 만에 스윽 지나치면서 다음 산모퉁이의 또 다른 경치가 순식간에 눈앞에 나타났다가 사라지는 걸 보기 때문에 지루하고 고달프기는커녕 아쉬움이 일어 경치가 아름다움으로 기억될 수 있을 것이다.

"너희들이 우리를 인터뷰한다고? 언제나 소통이 필요하지. 이해는 다르다는 것을 아는 것부터니까. 귀한 생각을 했구나. 너희들이 자랑스럽다."

내일부터 할머니, 할아버지를 인터뷰하러 마을을 돌아다닐 거라고 소리친 사람이 민서여서 명지는 깜짝 놀랐다. 송이가 아랫집 할머니부터 인터뷰하면 될 거라는 의견을 냈다. 할아버지는 송이의 의견을 적극 지지했다.

명지는 별로 내키지 않았다. 명지와 명규가 마당을 뛰어다니고, 산에서 내려오면서 노래를 부를 때마다 아랫집 할머니는 싫은 기색이 역력했다. 심술이 나이에 비례하는가 싶을 정도다.

그것도 모르고 송이는 아랫집 할머니부터 찾아가려 했다. 그러고 보니 아랫집 할머니 얘기를 송이에게 한 적이 없는 것 같다. 명지는 저절로 한숨이 나왔다. 할아버지가 좋은 생각이라고 하니 드러내놓고 반대하기도 어렵다.

송이는 조심스럽게 명지의 표정을 살폈다. 명지는 명규와 자신을 볼 때마다 버릇처럼 야단치는 아랫집 할머니였다는 말이 불쑥 튀어나왔다. 아랫집 할머니가 야단을 친다는 말조차 아랫집 할머니가 표현하는 반가움일 거라는 이해하기 어려운 말로 할아버지가 아랫집 할머니를 감쌌다.

"호기심 충전! 얌마, 앞장서지."

민서가 서두른다. 명규가 할아버지 소원을 듣고 싶다는 말로 민서를 가로막았다. 민서가 명규를 향해 으르렁거릴 때 할아버지가 소원을 말하기 시작했다.

소원이 따로 있겠느냐며 그저 자식들 잘 되면 좋다는 할아버지 대답은 완전히 통 편집 될 거라고 야단이 났다. 아이들의 아우성이 잦아들자 할아버지가 말을 이었다.

"병원에 약을 타러 갈 때마다 각오를 새롭게 한다. 병도 공부한다. 할머니가 별로 달가워하지 않는 카레라이스를 자주 먹으려 하는 것도 병을 공부한 결과다. 강황에 들어있는 커큐민이 뇌에 쌓이는 독성 단백질을 분해해 준다는구나. 콩에도 뇌세포 회복을 도와주는 레시틴과 두뇌 노화를 억제하는 사포닌이 들어있다 한다. 호두에 들어있는 알파리놀렌산이 효과가 있다는 글도 읽었다."

건강 관련 블로그를 읽는 것 같은 이게 소원이라고? 아이들이 어리둥절한 표정으로 마주보았다. 아이들의 표정을 바라보던 할아버지가 시선을 하늘로 옮겼다.

"사랑하는 사람이 있는 세상의 모든 사람 마음이 같을 테지만 한 가지 소원이 있다. 이렇게 말하면 시샘을 받을까 참으로 조심스럽다만."

아이들이 모두 긴장했다. 민서가 스마트폰을 할아버지에게 바싹 가져다 댔다.

"만약 내가 현재 이대로 늙어갈 수 있다면 할머니보다 하루만 더 살았으면 하는 거다."

할아버지가 소원을 말하자 아무도 아무런 말을 하지 않았다. 정적을 깬 것은 할머니였다.

"기태야, 기태야."

할아버지가 평상을 내려갔다.

"상옥아, 나 여기 있어. 가는 중이야."

할아버지가 별로 크지 않은 목소리로 말하면서 서둘지도 않았다. 할머니가 울음을 터뜨리지도 않았다.

"인기척만 내는 거지. 할머니가 실컷 주무셨거든."

현관문에서 동요 반달이 흘러나왔다. 집 안으로 들어가서도 할아버지는 호박을 들고 주방으로 먼저 들어갔다. 할머니 소리가 들렸다.

"알았어. 화장실 다녀올게."

아랫집 할머니에게 어떤 질문을 할지 의논하고 있을 때 할머니 목소리가 들렸다. 할머니 손에는 적십자가 그려진 작은 가방이 들려 있었다.

"영실아, 기태랑 우리 둘이서 소풍 간다."

할머니가 들떠 있었다. 아이들이 평상에서 일어서려니까 할아버지가 할머니 뒤에서 고개를 저었다. 한동안 모두가 뒷산으로 향하는 할아버지와 할머니를 바라보았다.

"할아버지 소원이 꼭 이루어지게 해 주세요."

송이가 가슴께 두 손을 모으고 중얼거렸다.
치매를 미국에서는 '롱 굿바이(Long Goodbye)'라고 한다지만, 할아버지는 그럴 턱이 있겠느냐며 미국사람들이 떼로 몰려오더라도 바꿀 생각이 없다면서 미국말로 하면 '롱 위드 미(Long with Me)'가 되어야 한다고 해서 아이들을 또 열광하게 만들었었다.

"그런데 명규야, 너 마을회관 가 본 적 있냐?"
"아니, 안 가 봤어. 가보면 되지, 뭐."

쉽기도 하다. 가보면 되는 거, 맞다. 뭔가 대단한 일이 일어날 것 같은데, 명규는 쉬워도 너무 쉽게 생각한다. 저런 터무니없는 배포는 어디서 비롯되었을까. 언제나 명규는 이런 식이다. 명규의 이런 태도가 못마땅한데, 한 걸음 물러서서 보면 명지가 그런 명규를 부러워하곤 했다. 그럴 때마다 명지가 한 것은 별로 간섭 않고 명규를 따라가 보는 것이었다.

할아버지, 할머니가 뒷산으로 소풍을 가는 바람에 이런저런 의견을 내다가 결국은 하루를 당겨 아랫집으로 인터뷰를 하러 가기로 했다. 명지는 내키지 않는 걸음으로 일행의 제일 뒤를 따라갔다. 또 명규를 따라가는 자신을 확인하는 명지다.

그러나 어떻게 말을 꺼낼지 고민하며 온갖 방법을 내세웠던 조금 전 걱정은 전혀 필요하지 않았다. 아랫집 할머니는 오기를 기다렸다는 듯이 냉장고를 열었다. 먹음직스러운 수박이 보였다. 허리가 굽어 90도 인사를 하는 것 같은 할머니에게서 송이가 수박 쟁반을 받으려고 하자 아랫집 할머니가 그냥 앉아 있으라며 수박 쟁반의 방향을 바꾸었다. 기어코 들고 오려는 송이는 그냥 보고 있지 않았다. 그 바람에 수박이 공중으로 흩어졌다. 명규와 민서가 야구공을 받듯이 수박 조각을 받았다. 수박 조각이 바닥에도 흩어졌다. 바닥에 떨어진 수박을 아랫집 할머니가 주워 물로 씻은 다음 냉큼 입으로 가져갔다.

이미 하나씩 수박 조각을 들고 있는 아이들에게 아랫집 할머니가 수박 조각을 더 얹어서 작은 상을 내왔다. 수박으로 충분한 것을 콜라니 사이다니 하는 것도 있다며 아랫집 할머니가 자리에서 일어났다. 아이들이 모두 말려도 소용없었다. 아랫집 할머니는 기어코 탄산음료를 대접하려 했다.

아랫집 할머니가 물에 씻은 수박을 우물거리며 냉장고로 갔다. 명지와 송이가 할머니보다 앞서려고 서둘렀다. 냉장고 문을 열자 조금 전까지는 못 보았던 각종 탄산음료며 마실 것이 눈에 들어왔다. 이게 할아버지 생각일지도 모른다. 장을 볼 때 할아버지가 가끔 아랫집 할머니네 것도 산다고 했으니까. 할머니가 캔을 하나 꺼내더니 숟가락을 들었다. 할머니가 숟가락으로 캔 꼭지를 땄다. 송이도 숟가락으로 캔을 따서 나누어 주었다. 명규와 민서가 웃음을 참느라 애쓰면서 탄산음료를 받았다. 주스를 하나 꺼내어 손으로 캔을 따려던 명지도 송이에게서 숟가락을 건네받았다. 모두가 둘러앉았다. 송이가 아랫집 할머니 앞에 빨대를 꽂은 두유를 놓았다. 수박을 먹고 음료수를 마시며 연극 얘기를 끄집어냈다. 연극을 하기 위해 먼저 인터뷰를 해야 한다는 얘기도 덧붙였다.

"뭐하며 시간 때우셨어요?"

스마트폰을 만지며 묻는 민서 모습에 송이가 키득거렸다. 녹음 담당 민서가 인상을 쓰며 아랫집 할머니에게 바싹 다가앉았다.

"내가 얘기하면 적는다면서 공책은 준비 안 했니? 내가 종이 갖다 주랴?"

민서가 아랫집 할머니에게 스마트폰을 보여주며 천지인 자판을 터치했다. 할머니 눈이 휘둥그레졌다. 민서의 손놀림이 워낙 빨라서다. 민서가 우쭐거렸다. 비속어를 들먹거리는 것보다 나았다.

"할머니, 돈이 있으면 어떤 걸 하고 싶으세요?"
"씨바, 줄 서, 송이 누나. 노는 얘기부터 들어야 되잖아."
"노는 거? 놀이랄 것도 없어. 동생 업어줘야지, 쇠죽 끓여야지, 밥 해야지, 빨래해야지. 들에 새참 날라야지. 바빴어. 맞아, 밤에 모여 수도 놓고, 묵찌빠도 하고 그랬지. 놀았던 건 별로 기억나지 않고 평생 일한 것만 떠올라."
"평생 일만 하셨다구요? 일해서 돈을 벌면 어디에 쓰셨어요, 할머니?"

외가체험

"어디 쓸 데가 있겠어. 990원 있으면 1000원으로 채워 자식 줄 생각만 하고 살았는데, 돈 쓸 줄도 몰라."

명지가 할아버지 약값이 많이 들지 않느냐는 현실적인 질문을 했다. 그건 아랫집 할머니의 걱정거리가 아니었다. 집안 형편이 약값을 감당할 만큼 되기도 하지만, 든든한 아들이 있어 더더욱 걱정이 없다고 여유를 보였다.

"나많이가 살기 나쁘지 않아."
"나많이요?"
"나이가 많은 사람을 나많이라 해. 젊은이의 상대어."

명지가 설명했다. 이미 '나많이'에 익숙해져 있었다. 아랫집 할머니가 빙그레 웃었다. 명규가 슬며시 일어났다. 화장실 볼일이려니 싶다. 명규에게는 관심도 없이 모두들 하던 일에 열중이었다.

"할머니 혼자 …… 할아버지를 돌보시는 일이 …… 벅차지 않으셔요?"

송이가 어렵게 말을 이었다. 상냥하면서도 거침없이 말하는 송이답지 않은 모습이었다.

"요양병원 얘기하는 거지?"

송이가 어쩔 줄 몰랐다. 얼굴 가득 미소를 띤 아랫집 할머니가 목을 가다듬었다. 얘기가 길어질 모양이다.

아랫집 할머니는 몸이 성할 때만 할아버지가 남편인 것은 아니지 않느냐며 아이들을 찬찬히 둘러보았다. 박사들이 많으니 병원에서 병을 잘 돌봐 주는 거야 백번 맞는 말이지만, 아랫집 할아버지는 집이 편하다고 한다. 할머니 역시 할아버지와 살아가는 일은 의사보다 할머니가 더 나을 거라는 의견이다. 아랫집 할머니가 아직은 밥을 끓여 먹을 수 있고, 비록 허리는 굽었지만 특별히 아픈 데가 없으니 집에서 편하게 할아버지와 같이 지내고 싶다고 했다. 일어서면서 에구구, 앉으면서 에구구 하고 있는데도 아픈 데가 없다는 아랫집 할머니다. 할머니 몸은 할머니가 잘 안다고, 조금씩 아픈 거야 나이가 들면 당연한 거 아니냐고 하여 아이들을 놀라게 했다.

"우리 영감한테 지금보다 더 내가 중한 적도 없었지."

"……."

"농사? 우리 영감보다 농사가 더 중하겠어?"

"……."

"사랑? 그런 말도 안 해 보고 살았어. 그런데 요즘처럼 영감을 온전히 내 차지로만 살았던 적은 없었던 거 같아. 좋아."

아무 말도 못하고 할머니 말만 듣고 있었다. 할머니는 인터뷰 질문지를 미리 받아본 것처럼 막힘이 없었다. 더 신기한 것은 할머니의 얘기를 들으면서 질문하고자 했던 게 바로 그런 거였다는 생각이 드는 것이었다. 명지는 할머니를 계속 바라보고 있을 수가 없어서 송이를 보았다. 송이도 그런 모양이다. 재잘재잘 송이가 입을 꾹 다물고 있다. 요양 병원 얘기를 끄집어낸 뒤부터 송이가 조용하다. 오랜 시간을 말도 없이 앉아 있는 송이를 벌써 두 번째 보고 있다.

"하긴 내 보청기가 예전만 못해. 새로 사려니 돈이 아까워서 차일피일 미루고 있어."

"자식들이 안 사 주셔요?"

"왜 안 사 주겠어. 어저께도 전화로 묻던걸. 영감이 누워있는 침댄가 매튼가 하는 그거 산다고 아들이 돈을 많이 썼을 거야. 제일 좋은 걸로 샀다니까. 내가 어떻게 보청기 사야 된다고 말하겠어. 나 때문에 자식들 돈 쓰는 거 애처로워서 어찌 봐. 공부하는 애기들도 아닌데 내가 잘 들어서 뭐 하게. 그저 영감이 날 부르는 소리만 알아들으면 되지. 너희들은 뭘 사고 싶어?"

갑자기 아랫집 할머니가 눈을 빛내며 물었다. 할머니 얘기를 들으면서 차마 사고 싶은 게 있다는 말이 나오지 않았다. 사고 싶은 목록을 떠올리니 온통 내 옷이고, 내 신발이고, 내 액세서리였다. 머리를 흔들고 나서 다시 목록을 떠올려도 마찬가지였다. 인터넷 쇼핑몰에서 본 예쁜 장신구들이 아른거렸다. 이런 건 송이가 대답해 주었으면 좋겠다. 송이를 바라보았다.

"말씀드리기가 부끄러운데요. 예쁜 머리핀이나 반지 같은 악세사리를 사고 싶어요."

송이가 하는 말은 명지가 하고 싶은 말이었다.

"약 세 살?"
"머리핀, 목걸이, 귀걸이, 반지…… 그런 거요, 할머니."

아랫집 할머니도 그런 액세서리를 사고 싶다고 했다. 할머니가 아니라 아이들이 좋아하는 걸로. 할머니가 벌떡 일어나서 방에 들어갔다 나오더니 현금을 잔뜩 보여주었다. 액세서리 몇 개가 아니라 가게를 통째 살 수도 있을 것 같다. 명지와 송이는 아랫집 할머니와 달라도 아주 달랐다. 다르다는 것을 아는 것이 이해의 시작이랬다.

환자용 매트 가격을 검색했다. 값이 어느 정도면 할머니가 싸다고 생각할지 감이 잡히지 않았다. 액세서리 얘기할 때 어른들이 찾는 콩알 같은 귀걸이는 매우 비싸지만 머리핀은 그렇지 않다고 여러 화면을 비교해 보였더니, 할머니는 할머니에게 어울리는 목걸이는 몇 천 원도 너무 비싸다고 혀를 내둘렀고, 아이들이 좋아함직한 볼로 타이는 몇 만 원인데도 놀라지 않았기 때문이다.

"얘들아, 고맙다, 이렇게 찾아줘서. 살아가면서 보니 입에 들어갈 음식보다 중요한 건 입에서 나오는 말이더라. 오늘 너희들 덕분에 혀도 안 돌아가는 말도 해보고. 참말로 고맙다, 얘들아."

"씨바, 듣기만 하고 칭찬 받는 건 처음이네."

민서의 '씨바'가 공손했다. 송이가 쿡 웃었다. 민서가 곱지 않은 눈길을 송이에게 보냈다.

아랫집 할머니가 아이들 손을 꼭 잡고 고마워하는 바람에 어쩔 줄 몰라 할 때 한참 자리를 비웠던 명규가 돌아왔다. 명지가 눈짓으로 물었지만 명규는 그냥 어깨를 으쓱할 뿐이었다. 명규를 향한, 잔뜩 얼굴이 구겨진 민서의 입 모양이 또 얌마다.

"할머니, 소원이 뭐예요?"

인터뷰가 막바지로 치닫고 있었다.

"그저 자식들 고생 안 시키려면 자는 듯이 죽는 거지, 뭐."

할머니가 기다렸다는 듯이 인터뷰에 응하리라고는 기대하지 않았다고 명지가 솔직한 심정을 털어놓았다. 문득 아랫집 할머니가 연극이니 인터뷰니 하는 말을 알아들어서가 아니라 얘기가 고팠던 거라는 생각이 들었다. 서로를 바라보는 일이 인터뷰(interview)라는데, 언제 그토록 진지하게 서로를 바라본 적이 있었던가. 이런 일을 생각한 미래의 연출가에게 모든 칭찬이 쏟아졌다. 공연할 때 아이들은 무대에 올라가지도 않을 것이며,

대본을 보고 하기 때문에 대사를 외울 필요가 없다고 한 명규의 말은 어떤 칭찬도 모자랄 지경이었다. 민서가 명규 뒤통수를 툭 쳤다. 뒤통수를 긁는 명규는 민서에게 칭찬이라도 들은 듯 헤벌쭉 입이 벌어졌다.

"그런데 누나, 신문기사를 보면 할머니 할아버지 세대와 청소년 세대가 자연스럽게 어울릴 수 있도록 창의놀이문화연구소에서 놀이를 했다고 되어 있잖아. 아할아할 프로그램이라면서."
"아이들과 할머니, 아이들과 할아버지. 아할아할."

송이가 중얼거렸다.

"놀이 그거 꼭 해야 되는 거니?"
"우리 할아버지가 아니고 남의 할아버지라면 어색하긴 하겠어."

놀이?
놀이!
놀이.

저녁밥은 할머니가 차려 주었다. 할머니는 여느 때의 온전한 할머니로 돌아와 있었다. 할머니의 레게머리도 비녀머리로 바뀌었다.

"할머니, 비녀머리가 참 예뻐……."

말을 미처 끝내지 못하고 명지 목소리가 잠겼다. 꿀꺽 요란스럽게 울음을 삼켰다.

"똥머리가 마음에 드니?"

할머니가 수줍게 웃었다. 할머니가 웃음을 보이는데도 설움이 복받쳤다.

할머니에게 온전하지 않았던 할머니 얘기를 끄집어낼 수가 없었다. 손주들도 몰라보더라는 말을 들으면 할머니는 기분이 어떨까. 할머니가 종종 그렇게 옛날로 돌아가 버리거나, 엉뚱한 행동을 하는 줄을 할머니는 알고 있기나 한 걸까. 밥을 먹으면서도 자꾸만 목이 막혀 물을 자주 들이켰다.

"헐, 망구 안 미쳤네."

민서가 큰 소리로 외쳤다. 민서의 말을 들은 사람들이 모두 놀랐다.

"민서야, 사는 게 고단할 땐 욕이라도 뱉으면 한결 시원해지기도 하지?"

할머니가 민서의 등을 토닥거렸다. 민서의 눈이 빨개진 것 같다.

아이들이 외가에 오고 하루가 지날 무렵이 되어서야 할머니는 아이들을 환영했다.

"연습은 좋은 거야. 낯선 것도 익숙해지고, 서툰 것도 능숙하게 만들잖니."

할머니는 아이들이 이미 오전에 도착했다는 말을 들었을 텐데 아무렇지도 않게 반가움을 표현했다. 아이들은 아이들대로 이런 경우에 어떻게 하자는 의논을 한 적도 없는데 능청스러울 만큼 태연하게 할머니를 대하고 있었다. 온전한 할머니에게 보살핌을 받고, 온전하지 않은 할머니를 배려한 생활을 오래 전부터 해왔던 것처럼.

온전한 할머니가 분명한데도 할아버지는 사물을 파악할 수 있을 정도의 밝기로 거실 조명을 밝혀 놓았다. 안방에서 화장실로 곧장 통하도록 반짝이는 줄도 쳐 놓았다. 바닥에는 안방에서 화장실까지 길을 안내하는 야광 딱지가 붙어 있다. 낮에는 밝음에 묻혀 있다가 주변이 어두워지자 모습을 확실하게 드러낸 화장실 안내 표시였다.

할머니가 가장 예민하게 반응한 부분이 화장실 사용이었다. 할머니가 실외 화장실 사용을 꺼려하며 사용하지 않으려 한 것은 오히려 다행이었다. 할머니가 어렸을 땐 실외 화장실을 사용하는 게 더 보편적이었다. 실외 화장실이 더 익숙한 시절이었기에, 할머니가 그 때로 돌아갈까 조마조마했다는 할아버지였다.

뒷산에서 보는 용변은 할머니가 재미있어 했다. 어린 명지가 뒷산에서 용변을 볼 때마다 할머니가 곁에서 지켜주었었다. 인간의 모든 것은 자연에서 비롯되었고 자연으로 돌아가기 마련이라고. 할머니에게 여러 번 들었지만 아직도 무슨 뜻인지 전달하기 어렵다. 할머니가 온전한 할머니로 돌아왔을 때 화장실 볼일을 제대로 못 보았을까 워낙 걱정을 하는 바람에 할아버지는 할머니의 짐을 덜어주려 애를 썼다.

할머니가 여고시절로 돌아가는 시간도 일정하지 않고 얼마나 지속되는지도 알 수 없는데다가 어떤 상황이 어느 연령 단계에 있는지 몰라서 더 난감했지만, 할아버지의 목표는 분명했다. 어떤 경우라도 할머니가 수치심을 느끼거나 불안해하지 않도록 하는 것이다.

빨강 현관문뿐 아니라 외가 전체에 원색이 많다. 바닥은 모두 마루모양의 바닥재로 통일되어 있었고, 바닥과 벽, 벽과 문, 의자의 좌판과 등받이…… 조금이라도 구분이 필요한 모든 것은 빨강과 노랑, 이런 식으로 확실하게 경계가 드러났다. 그럼에도 바깥에서 보면 빨강 현관문이던 것이 거실에서 바깥으로 나가는 안쪽 편은 벽 색깔과 비슷해서 문이 숨어 있는 것 같다. 하지만 창호지를 바른 안방 미닫이문은 할머니의 기호를 맞춘 그대로다. 할아버지는 매년 창호지를 새로 발랐다. 밀가루 풀은 할머니가 냄비에 끓였다. 가끔 벽도 새로 도배를 했기 때문에 외가에는 도배장이나 가지고 있음직한 도배 붓도 있었다.

할머니가 즐겨 앉아 책도 읽고 뜨개질도 하던 흔들의자는 자취를 감추었다. 할머니가 즐겨보던 책들은 군데군데 보였다. 밤이 깊도록 할머니와 역사에 관해 대화를 나누곤 했었다. 그리도 열정적이었던 할머니의 모습을 언제 다시 볼 수 있을 것인가.

한밤중에 아랫집 할머니가 할아버지를 찾아온 것을 끝으

로 첫날밤이 깊어갔다. 아이들이 잠들지 않아서 다행이라며 반기던 아랫집 할머니는 그저 교복 한 벌을 가지고 돌아갔을 뿐이다. 원래 노인들은 초저녁잠이 많다고 했던가. 할아버지도 아랫집 할머니도 밤이 깊었는데 잠을 이루지 못하고들 있다. 그러고도 새벽에 일어날 것이다.

"할아버지, 잠을 잘 자야 한다는 걸 책에서 읽은 적이 있어요. 왜 잘 자야 하는지 그 이유가 특이해서 잊히지 않아요. 수면이 부족하면 외로움을 탈 수도 있다고 했거든요."

"명지야, 눈을 감으나 뜨고 있으나 외로운 건 마찬가지만 이만큼으로도 나는 충분히 고맙다. 네 할머니가 곁에 계시지 않니."

제발 '롱 위드 미'이기를.

외가체험

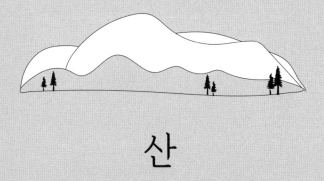

산

닭울음소리가 들렸다.

송이가 명지를 흔들었다. 눈을 비볐다. 송이와 닭장에서 달 걀을 가져오기로 했었다. 수탉이 여명을 알렸으니 닭장에 들어 가도 좋다는 허락을 받은 셈이다. 어서 나가자는 명지의 말을 기다리고 있었던 송이가 발딱 일어났다.

"할아버지."

주방에서 공책을 펴놓고 뭔가를 작성하고 있던 할아버지가 명지를 보고 환하게 웃음을 지었다.

"할아버지, 안녕히 주무셨어요?"

송이가 애교스럽게 아침 인사를 했다. 명지가 싱크대 아래 쪽 문을 열었다. 할아버지가 얼른 소쿠리를 찾아 주었다.

명지가 소쿠리를 들고 주방을 막 나설 때였다.

"명지야, 모이 안 줬다."
"알아요, 할아버지."
"먹을 만큼이니 신경 쓰지 마라."

"예, 할아버지."

현관을 나오자 송이가 속삭였다.

"명지 너, 도 닦는 거 같더라."
"도오?"
"그런 걸 선문답이라고 하나 봐. 먹을 만큼이니 신경 쓰지 마라. 예, 할아버지."

송이는 할아버지와 명지 목소리를 차례로 흉내 내면서 억지로 웃음을 참고 있었다. 송이는 어쩌면 이렇게 주변에서 일어나는 일들이 다 재미있을까.

현관문은 열려 있었다. 현관문이 열릴 때 나는 노랫소리는 잠에 취해 듣지 못했다. 아랫집 할머니는 아랫집 할아버지가 내는 소리에 자다가도 일어난다는데.

명지는 닭장 가까이 다가가면서 일부러 발자국 소리를 크게 냈다.

"이렇게 발자국 소리로 닭들과 대화를 하는 거라고 하셨거든."

할아버지가 담아 놓은 모이통을 들었다.

"선문답 계속 중?"

명지가 미소를 지었다.

"사람 발자국 소리를 들으면 닭들이 모이를 줄 거라 기대한
다는 거야. 발자국 소리만 내고 그냥 되돌아가서 닭들을 실망시
키면 안 된다고 하셨거든."
"우와, 그런 걸 철학이라고 하지 않니."

송이와 함께 닭장으로 들어갔다.

"와, 무지 넓다."

텔레비전으로 수천수만 마리를 사육하는 양계장 모습만 보
았을 송이였다. 닭장이 야생 동물로부터 닭을 보호하는 시설이
라는 얘기를 들으면 송이가 어떤 반응을 보일지 짐작이 간다.
송이는 놀이를 하듯이 닭장 여기저기에 모이를 흩뿌렸다.
명지가 달걀을 소쿠리에 담을 때마다 "미안해. 알 가져갈게, 미

안해." 했다. 어떤 달걀은 낳은 지 얼마 되지 않아 온기가 있었다. 부화시키려고 알을 품을 때인 봄철만 아니면 달걀을 가져가는 사람에게 닭은 공격적이지 않다.

"애니멀 커뮤니케이터 후계자니?"

송이에게 시시콜콜 모두 얘기했나 했더니 그렇지 않은 것도 있었나 보다. 닭을 가족으로 여기는 외가 얘기를 했다. 반려동물이라는 말을 하는 요즘이지만 할아버지, 할머니는 일찍부터 가축을 가족으로 여겼다. 오래 전에 제작된, 어느 유명한 다큐멘터리 영화에서 짐을 나눠지던 주인공 할아버지와 소가 떠올랐다.

"송이야, 동물기 읽었니?"
"시튼이 쓴 거 말이지. 내가 맨날 수사물만 보는 줄 아냐. 험험."
"송이 넌 경찰견도 다루어야 하잖아. 완역본을 다시 읽어야 할걸."

명지의 말에 송이가 방송에서 보았던 어미 개 얘기를 들려

주었다. 개 주인이 자기 새끼를 한 마리씩 분양해 버리니까, 마지막 남은 새끼마저 분양될까 봐 어미 개가 무척 걱정스러웠던 모양이다. 어미 개는 조심스럽게 안전한 곳을 찾아 헤맸고, 안전지대라는 확신이 섰을 때 새끼를 그 안전지대에 옮겨 놓고 돌보는 내용이었다. 목소리가 촉촉해진 송이 얘기를 들으면서 집 안으로 들어가려 할 때였다. 갑자기 집 안에서 외마디 소리가 났다.

"상옥아, 미안해. 내가 그랬어."

이른 아침부터 할머니가 상옥이가 되어 있었다. 웬 소동인가 싶어 방충망을 통해 안을 살펴보았다. 할아버지가 구겨진 일력 한 장에 풀칠을 해 원래 자리에 붙이고 있었다. 할머니가 웃음을 물고 있다가 일력에서 오늘 날짜를 뗐다. 명지는 송이와 눈이 마주쳤다. 집 안으로 들어가도 되나. 망설이고 있는 동안 할아버지와 할머니가 주방으로 들어갔다. 명지는 다시 송이를 바라보았다. 송이가 살며시 방충망 문을 열었다. 발자국 소리를 죽이고서 주방으로 들어갔다.
할아버지는 고개와 눈짓으로 소쿠리를 탁자에 놓으라는 시늉을 했고, 이어 검지를 입술에 대며 가볍게 고개를 저었다. 명지는 닭장에 다녀온 얘기는 할머니가 모르는 게 좋을 것 같고, 명지와 송이가 주방에 있는 표시를 내지 말라는 뜻으로 알아들었다.

할아버지는 앞치마를 입고 소꿉놀이를 하는 것처럼 끼니를 준비했다. 할머니와 함께 끼니 준비를 하는 것은 할 일이 몇 배로 많아지는 걸 의미했지만 할아버지와 할머니는 주방이라는 놀이터에서 해가 중천에 떴을 때 개최하는 축제를 준비하는 것처럼 느긋했다. 할머니는 기태에게 호박범벅을 쑤어 줄 참이다.

할아버지는 우선 쌀을 씻어 안쳐 두었다가, 할머니가 보고 있지 않을 때를 틈타 취사 버튼을 눌렀다. 명지는 언제 할아버지를 도울 일이 생길지 몰라 방해가 되지 않으려 애를 쓰며 주방에 머물렀다. 두 명이나 되는 소녀들이라 재빠르게 할머니 눈을 피하는 게 쉽지만은 않았다. 할머니는 명지와 송이가 투명인간이나 주방에 놓인 가구라도 되는 듯이 전혀 신경 쓰지 않았다. 이런 말이 적절하지 않다는 걸 알지만, 다행이었다.

할아버지는 할머니의 호박범벅 요리를 위해 호박 한 덩이를 가지고 왔다. 어제 할아버지가 인물이 좋다고 했던 그 애호박이다. 할머니가 호박 색깔이 맘에 들지 않는다고 투정을 부렸다. 그도 그럴 것이 누렇게 익은 호박으로 범벅을 쑤는데, 애호박을 가지고 왔으니 마음에 들 리가 없다. 애호박에 익은 호박

색이라도 칠해서 할머니 앞에 내놓고 싶을 할아버지는 할머니가 다른 곳으로 주의를 돌리게 하려고 원맨쇼를 하다시피 했다. 익은 호박과 비슷한 색상의 벽지를 바른 작은방으로 할아버지가 할머니를 안내했다. 할머니는 시나브로 벽을 범벅으로 만들 것이다.

할머니가 작은 방에서 벽에다가 범벅을 만들고 있을 때에 명지는 송이와 같이 상을 차리기 시작했다. 할아버지의 지휘에 맞춰 명지와 송이가 거들어서 아침밥 준비는 끝나 있었던 것이다. 할머니의 범벅에 들어갔어야 할 호박은 깍두기 모양으로 카레라이스에 섞여 있었다.

송이가 일 년 먹을 카레라이스를 며칠 만에 다 먹겠다면서 생긋 웃었다. 다행스럽게도 아이들 중에서 카레라이스를 싫어하는 사람은 없었다. 가끔씩 할머니가 노란 밥이 싫다고 할 때는 있었지만. 고등어며 꽁치가 밥상에 자주 오르는 것도 익숙해지는 중이다. 이왕이면 꽁치보다 고등어라고 떠들면서. 등 푸른 생선이니, 오메가 쓰리니 아는 척도 하고.

주방이며 거실이며 방이며 할 것 없이 뚜껑이 쉽게 열리는 플라스틱 통에 호두와 콩이 놓여 있었다. 이전에는 없던 일이었다. 엄마도 간식을 챙길 때 호두랑 콩을 자주 주었다. 몸에 좋은 걸 찾으면 나이가 들었다는데, 엄마가 그런 나이가 되었나 보다 했었다. 처음엔 본 척 만 척 했는데 자주 눈에 떠니 심심풀이로 입에 넣을 때가 많았다. 이렇게 몸에 익어 버릇이 되나 보다.

밥 먹을 때를 야릇한 긴장을 하면서 기다리게 될 줄은 몰랐다. 명규와 민서는 아직 잠에서 깨어나지 않았다.

예전 할머니는 최고의 요리사였다. 만드는 음식마다 왜 만들었는지 이유가 있었고, 그 이유는 할머니가 만드는 음식 역사가 되었다. 가장 기억에 남는 것이 할머니표 단술이다. 흔히 시중에서 식혜라는 이름으로 만나는 음료다.

"어른들이 좋은 일이 있을 때나 궂은 일이 생길 때나 술을 마시지 않니. 아이들이 보니 묘약도 그런 묘약이 없는 거야. 어른 앞에서 제대로 술 마시는 법을 배우지 않으면 술버릇이 고약해지기 쉽거든. 어른들이 생각해냈지. 아이들도 먹을 수 있는 술을 만들자. 그래서 만들어진 게 단술이야. 명지야, 우리도 한 잔 할까?"

음식의 기원이 옳은지 어떤지는 중요하지 않았다. 할머니가 그렇다고 하면 그 설명이 너무도 그럴듯해서 굳이 인터넷을 검색할 필요를 느끼지 않았다. 이런 게 귀에 딱지가 생길 정도로 듣는 스토리텔링이라는 걸 거다.

외가체험

할머니와 다디단 술을 마셨다. 할머니가 만들어준 단술은 맑으면서도 진했고, 달짝지근하면서도 뒷맛이 개운했다. 할머니의 딸, 엄마도 솜씨가 수준급이지만, 엄마가 만들어준 단술은 그 맛이 나지 않았다. 그 맛이 아니라며 고개를 갸우뚱거릴 때 할머니가 의문을 풀어 주었다.

"음식은 재료만으로 만드는 게 아니야. 그 사람의 마음에 세월이 녹아들어 되는 거지. 그 속에는 땀도 들어있고, 눈물도 들어있어. 꿈이며 한숨인들 빠졌겠니. 당연히 같을 수가 없지. 모든 사람에겐 저마다의 소중한 삶이 있으니까."

할아버지와 할머니의 주방을 갖은 말로 접수한 명지와 송이가 막 설거지를 끝냈을 때였다.

"실례합니다."

마당을 바라본 명지는 깜짝 놀라 호들갑스럽게 송이를 찾았다. 송이를 찾는 소리에 모두들 거실로 쏟아져 나왔다. 잠을 자고 있던 명규와 민서도 일어나 거실로 나왔다. 마당에는 7080 교복을 입은 할머니들이 모여 있었다. 뒷산에 올라가 놀아도 되느냐고 허락을 구했다.

어리둥절했다. 많고 많은 산 중에서 하필이면 외가 뒷산이라니.

한 할머니가 스마트폰을 내밀었다. 액정에 나타난 것은 뒷산을 배경으로 촬영된 할아버지와 할머니의 교련복 차림 사진이었다. 세상에서 가장 정겨운 소풍이라는 제목이 붙어 있었다. 뒷산 위치도 상세히 설명해 두었다.

명규가 손가락으로 자신을 가리켰다.

"SNS에 올렸거든. 이렇게 빨리 움직이는 할머니들이 계실 줄은 몰랐는데."

"그러세요들. 뒷산이야 허락 같은 건 필요 없어요. 어쩌다 한 번 멧돼지가 나타나기도 하니까 그것만 주의하세요."

"어머나, 멧돼지요?"

"많은 사람들 말소리를 들으면 말이 통하지 않는 멧돼지는 기가 죽어서 근처에 얼씬도 않을 겁니다, 허허허. 찾아주셔서 고맙습니다."

이렇게 시작되는가 싶었는데 7080 교복 차림이 줄을 이었다. 부부로 보이는, 동창일지도 모르는, 계모임 같은…… . SNS

외가체험

의 힘을 실감했다. 할아버지는 외가체험 환영 피켓에 뒷산 이용
안내문을 작성하기 시작했다.

"명규, 너. 어떻게 SNS에 올릴 생각을 다 했니?"

교련복을 입고 소풍을 가는 할아버지, 할머니 모습이 몹시
도 궁금했단다. 할아버지, 할머니를 먼발치서 바라보는데 너무
도 평화롭고 정겨워 보여 사진을 찍었다. 할아버지, 할머니가
배경으로 한 뒷산의 역할도 컸다. 뒹굴어보고 싶도록 정겨운 산
이 아닌가. 군데군데 잘 자란 감나무가 그늘을 드리우고 있기도
하다. 뒷산에 잔디가 넓게 펼쳐져 있어서 다른 할아버지, 할머
니들이 소풍 와도 되겠다는 생각이 들었다. 다른 사람의 인터넷
자료를 보면 꼭 가보고 싶은데 안내가 제대로 되어 있지 않아
찾기 곤란한 경우가 종종 있었던 경험을 살렸다.
　　할머니도 할아버지와 뒷산으로 소풍을 갔다.
　　할아버지는 오래지 않아 산을 내려왔다. 할머니가 친구를
만났다면서 "옥자하고 놀다 갈게. 기태 너는 나중에 보자."라
고 했단다. 할머니에겐 처음 봐도 금방 친구로 만들어버리는 재
주가 있지 않은가.

"명지야, 할머니가 약을 드셔야 할 텐데……."

할머니가 나중에 보자고 했던 터라 할아버지가 명지에게
할머니 약을 부탁했다. 명지가 생긋 웃으며 건넌방으로 들어가
교련복으로 갈아입었다. 송이도 교련복으로 갈아입었다. 겨울
에는 지독하게 춥고, 여름엔 말도 못하게 더웠을 교련복. 어제
는 잠시 교련복을 입었다가 금방 벗어버렸지만, 그게 도움이 되
었다. 더웠다는 경험이 미리 각오를 하게 만들어서인지 어제만
큼 덥지 않았다.

명지의 교련복에는 송영실이라는 명찰이 붙어 있었다. 송
이는 '오송희'라는 이름을 골랐다. 얼기설기 바느질을 해서 명
찰을 달았다. 명지와 송이의 교련복 소매를 걷어 올리는 것은
할아버지가 도왔다. 엄마가 구입해 놓은 검은색 모자는 한자로
'고(高)'라는 금색 모표가 붙어 있었다. 남학생용이라는 할아버
지의 안내도 송이를 말리지는 못했다. 할 수 없이 명지도 송이
처럼 모자를 집어 들었다. 창이 짧아 햇빛 가리개 역할도 신통
하지 않을 것 같은 모자는 사진 찍을 때 잠깐 쓰이는 소품이 될
처지다. 명지는 모자를 손가락에 씌웠다. 송이는 해 보고 싶었
다며 머리 위에 모자를 얹고 나서 거수경례를 붙였다. 할머니의
원기소도 챙겼다.

외가체험

할머니가 뒷산으로 소풍을 가고 꽤 시간이 흘렀다. 할아버지 부탁이 아니었더라도 나가볼 참이었다. 할아버지 없이 할머니가 친구들과 어떻게 지내는지 궁금했다. 보냉병을 들고 집을 나섰다. 송이가 교련 가방을 어깨에 메더니 명지 주머니에 들어 있는 약을 달라 했다. 비상약품가방이니 약이 들어가야 할 게 아니냐며 송이가 배시시 웃었다. 할머니 집에서 뒷산으로 오르는 길에서는 아랫집 할머니네 마당이 한눈에 들어왔다. 담장이 낮기도 했지만 외가가 아랫집 할머니네 집보다 조금 높은 곳에 있어서다. 외가고 아랫집 할머니네고 마당이 운동장이어서도 그럴 것이다.

아랫집 할머니가 7080 교복 차림으로 마당에 있었다. 교복을 입은 할머니를 볼 때마다 오히려 아랫집 할머니가 어색해했다. 혼잣말이었지만 듣지 않으려고 애를 써도 들릴 만큼 큰 소리로 흉을 보던 할머니였다. 어제 인터뷰를 하고 나서는 아랫집 할머니가 흉을 본 게 아니라 손주와 지내는 이웃집이 부러웠던 것임을 안다.

"할머니, 안녕하세요?"

송이가 명랑한 목소리로 아랫집 할머니에게 거수경례를 했다. 명지는 덩달아 인사를 한다고 엉거주춤 고개를 숙였다. 할머니가 퍽 겸연쩍어 하면서도 손을 흔들어 주었다. 송이가 오래전부터 알았던 사이처럼 이것저것 대화를 길게 이어갔다.

아랫집 할머니는 국민학교 졸업이 학력의 끝이다. 돈을 벌어 동생들 뒷바라지 하다가 혼인을 했다. 혼인을 하고 나서는 시부모를 봉양하고 7남매를 키웠다. 7남매가 결혼을 하자 할아버지가 중풍으로 쓰러진 것이 5년이 넘었다. 긴 세월 누워 있는 아랫집 할아버지에게 욕창이 생기지 않은 것은 아랫집 할머니의 지극한 간병 덕분이라는 말을 들었다. 인터뷰 때 물었더니 "지극한 정성은 무슨." 하면서 아랫집 할머니의 반응이 미지근했다. 평생 보살피고 섬겨야 할 사람만 주변에 있었기 때문에 버릇이 된 것뿐이라면서.

아랫집 할머니는 할아버지가 누워 있는 자리에 무릎 쿠션을 두 개 준비해 두었다. 일정한 시간이 지나면 아랫집 할아버지가 몸을 움직이도록 인터뷰 도중에도 자주 할아버지에게 다녀오곤 했다. 아랫집 할머니가 자주 할아버지에게 드나드는 바람에 인터뷰를 끝내고 일어서야 하나 생각하고 있었는데 아랫집 할머니가 먼저 말했다.

"너희들 말소리가 고운 새 소리로 들릴 거야, 우리 영감에겐. 말을 못해서 그렇지 다 듣고 있거든."

그랬었다.

송이와 대화를 끝낸 아랫집 할머니가 집 쪽으로 돌아서다가 휘청 하는가 싶더니 기어이 넘어졌다. 뒷산으로 잡았던 방향을 아랫집으로 바꿔서 달려 내려갔다. 아랫집 할머니는 땅에 엎드려 있었다. 아랫집 할머니를 부축해 일으키면서 앙상한 할머니의 허벅지를 보았다. 할머니 교복 치마가 올라가 엉덩이만 덮고 있어서 할머니의 허벅지가 드러나 있었다. 할머니의 허벅지는 명지 종아리보다 가늘 것 같았다. 아랫집 할머니가 일어서자 넘어지면서 교복 치마가 올라간 것이 아니고 질끈 묶은 허리띠 속으로 앞부분을 집어넣어서 그렇게 보인 것이라는 걸 알게 되었다. 몸빼 바지에 익숙한 아랫집 할머니는 후리아스카트라고 알려진 고등학교 교복을 입어본 적이 없었다.

아랫집 할머니는 '김악이'라는 명찰을 달고 있었다.

'아기'라고 불렸으면 더없이 곱게 자랐어야 하는 게 아닌가. 건넌방에 있는 수많은 명찰 중에서 김악이라는 명찰을 발견했을 때 할아버지는 할머니의 할머니 시대에는 김아기, 이아기, 박아기, 악이, 애기…… 수많은 '아기'가 있었다 했다. 이름조차 없었던 여인들. 세월이 흘러 '아기'가 한 개인의 이름으로 불리지 않던 시절이었음에도 여전히 아기 이름을 지녔다는 것은 전 시대의 삶을 고스란히 살고 있다는 뜻이 아닌가. 하긴 이 시대에도 '하나, 둘, 서이'나 되는 딸 부잣집 아빠 때문에 '서이'라는 이름을 가진 소녀를 주인공으로 한 청소년 소설이 있다. 그 작품에는 정성들이지 않은 이름을 가진 소녀의 서러운 삶이 그려져 있다. 물론 서러운 삶이 서럽게 끝나는 건 아니었지만.

악이 할머니는 아랫집 할아버지를 부축할 때는 자신의 꼬부랑 허리 덕분에 할아버지 지팡이 노릇을 할 수 있다며 웃었다. 할머니의 웃음을 남겨두고 악이 할머니가 주는 음료를 마시면서 천천히 뒷산으로 올랐다.

악이 할머니가 할머니 어쩌고 하는데 무슨 뜻인지 새겨듣지도 않고, 뒷산에 올라가는 중이라고 말했다. 송이가 악이 할머니 얘기를 계속 늘어놓았다. 악이 할머니가 교복을 입고 있는 걸 보니 악이 할머니도 소풍이 가고 싶은 모양이라는 송이 말에 맞장구를 쳤다. 할아버지와 할머니가 정답게 뒷산을 오르내리는 모습을 매일이다시피 봐야 하는 악이 할머니에게 아랫집 할아버지는 5년째 자리에 누워 있으니까.

평소에도 송이와 있으면 주로 듣는 편이던 명지는 외가에 와서 더욱 더 듣는 입장이 될 때가 많았다. 송이가 할 말이 많고 많고 또 많았던 덕분이다. 어제는 갑자기 맞닥뜨린 할머니의 치매 때문에 미처 몰랐는데 경치가 기가 막힌다고 송이의 감탄이 이어졌다. 숫골이라는 마을 이름은 경치가 워낙 좋아서일 거라고 생각해 왔던 명지였다. 숫골이란 여기저기서 물이 솟는 데서 비롯된 이름이라지만, 경치가 좋아서일 거라고 믿어질 만큼 명지 눈에는 마을이 매우 아름다웠다. 뒷산이 뭐 특별나게 생겼다든지, 인터넷에 오를 만큼 대단한 유적이 있는 것도 아니다. 그냥 산이어서 좋다. 할아버지는 뒷산 일부에만 작물을 심어 산을 덜 헤치려고 애를 썼다.

외가에만 오면 명지는 산봉우리에 오르곤 했다. 나지막한 산봉우리지만 사방으로 탁 트여서 속이 후련했다. 조망권 다툼이니 하는 말을 들었다. 먼 곳을 바라볼 수 있는 권리, 조망권. 산봉우리에 오르기만 하면 그런 권리를 얻게 된다. 할아버지, 할머니는 뒷산도, 뒷산 주변도 매일 보아도 싫증이 나지 않는다고 했다. 뒷산의 품에서 우주를 생각한다는 할머니다. 할머니 말처럼 뒷산을 쉽게 오르내릴 수 있는 것은 축복이다.

송이와 산을 오르니 그 많던 소풍객은 모두 돌아가고 없었다. 아니 모두 돌아가고 텅 비어 있으면 안 된다. 할머니는 그 자리에 남아 있어야 하지 않는가. 할머니를 부르며 뛰어올라갔다. 주변을 두리번거려도 아무도 없었다.

할아버지에게 급히 전화를 했다. 할머니는 집에도 돌아오지 않았다. 할아버지와 남자애들이 뛰어올라왔다. 남자애들은 아침밥도 먹지 않고 늦잠을 잤다. 늦은 밤 시간까지 뭔가 의논하더라며 할아버지가 깨우지 말라고 해서 그대로 두었더니, 용수가 아침밥을 거르면 평생 못 찾아 먹는다고 할머니가 발을 동동 굴렀다.

명규가 외삼촌에게 전화를 했다.

"외삼촌, 할머니가 사라지셨어요."

경찰인 외삼촌의 지시로 주변을 샅샅이 살펴보았다. 할아버지는 마지막으로 할머니가 있었던 자리를 맴돌았다. 민서가 할머니 신분 목걸이를 찾았을 때는 절망이었다. 할머니는 신분 목걸이를 할아버지가 곁에 없을 때면 자꾸만 빼버려서 일삼아 목에 걸어 주어야 했다. 할아버지가 곁에 없을 때 필요한 목걸이를 할머니는 할아버지가 곁에 없을 때마다 빼버리곤 했다. 목걸이를 주운 장소에서 그리 멀리 떨어지지 않은 곳에서 송이가 휴대폰을 하나 주웠다. 즉각 이 사실을 외삼촌에게 보고했다. 휴대폰은 잠금이 설정되어 있지 않았다. 외삼촌의 지시로 휴대폰에서 최근에 통화한 번호로 전화를 걸었다. 명규가 신호를 보내고 통화는 할아버지가 맡았다. 휴대폰 주인의 아들, 주원식

외가체험

아저씨와 연결이 되었다.

할아버지가 할머니에 관한 새로운 정보를 얻지 못한 채 휴대폰을 끊었을 때 송이가 확신에 찬 목소리로 할머니는 옥자 할머니와 함께 있을 거라고 할아버지에게 말했다.

옥자하고 놀다 갈게. 기태 너는 나중에 보자.

할아버지가 고개를 끄덕였다. 할머니가 옥자 할머니와 같이 있을 것 같다고 명지가 외삼촌에게 알렸다. 모두들 옥자 할머니를 어떻게 찾을지 의견이 분분할 때 윤아가 산으로 올라와 큰 소리로 인사를 했다. 윤아가 이런 시간에 왜 모두들 산에 있느냐고 의아해 했다. 명지는 할머니가 실종되었다고 외치며 윤아에게로 달렸다. 깜짝 놀란 윤아가 할머니에게 전화해 봤느냐고 물었다. 윤아에게로 달려가던 명지의 다리에 힘이 풀렸다.

윤아도 할머니 상태를 모르고 있었다. 엄마, 아빠는 어려운 일이 생겼을 때 왜 자식들을 동참시키지 않을까. 문제가 생겼을 때 까마득하게 모르고 있어서 철없이 저지른 언행 때문에 자식들이 얼마나 힘들어 하는지 엄마, 아빠는 왜 몰라줄까. 엄마, 아빠에게 큰 힘은 되지 않겠지만, 적어도 멋모르고 일을 저질러 엄마, 아빠 마음에 상처를 주는 일은 생기지 않을 것이다. 반성하고, 죄책감에 사로잡히는 것은 드라마에서나 볼 일이지 현실에서 겪고 싶지는 않은 일이다. 엄마, 아빠가 자식들에게 짐을 지우지 않으려는 마음에서 우러난 일임을 모르지 않지만, 자식들의 철없는 행동의 결과까지 엄마, 아빠가 감당하게 하는 것은 자식들이 원하는 일도, 자식들을 위하는 일도 아님을 엄마, 아빠가 알아주었으면 좋겠다.

명지도 그랬지만, 윤아도 할머니와 휴대폰 통화를 해 본 적이 없을 것이다. 아니 할머니가 휴대폰을 소유하고 있는지 여부도 몰랐다. 할머니와 휴대폰으로 통화할 일은 연중 단 한 번도 없었다. 할머니와 통화가 되지 않는다고 아쉬워할 일도 없었다. 언제나 할아버지나 엄마, 아니면 그 누구라도 할머니와 연결점에 있었기 때문이다.

할아버지가 집에 가서 차분히 생각해 보자며 아이들을 재촉해 산을 내려왔다. 말없이 마당으로 들어설 때 아랫집 악이 할머니가 무슨 일이냐고 담 너머로 물었다. 할머니가 사라졌다면서 걱정하자 악이 할머니가 산을 내려가는 할머니를 보았다고 했다. 아랫집 할아버지 점심상을 치울 때 낯선 사람들과 함께 할머니가 하산했으니 한 시쯤 산을 내려간 셈이다. 할머니가 할아버지와 동행하지 않고 산을 내려와 밖으로 나가는 게 이상했다는 악이 할머니 얘기를 들으면서 조금 전 명지와 송이에게 할머니 운운하던 것이 이런 내용이었음을 비로소 깨달았다.

윤아가 급히 외삼촌에게 전화를 걸었다. 명규가 전화했을 때와는 상황이 조금 더 달라졌다. 조목조목 요약해서 말하는 것이 상관에게 보고하는 식이었다. 할머니는 30분 전에 옥자 할머니와 산을 내려갔다. 두 할머니는 7080 교련복 차림이다. 두 할머니는 서로서로 '옥자야, 상옥아.' 하면서 이름을 부른다. 외삼촌은 명규가 전화할 때는 할머니 아들이었다가 윤아가 전화를 할 때는 경찰관으로 돌아온 것 같았다. 납치 여부를 확인할 수 없으니 우선 신고부터 하라는 지시가 내려졌다. 치매 환자인 경우에는 관할 불문하고 신고를 접수하게 되어 있다는 거다. 관내인 경우는 바로 경찰이 출동한다. 할머니가 휴대폰을 갖고 있지 않아서 전화 위치 추적은 의뢰할 수 없다. 할머니가 실종되고 장시간이 경과된 것은 아니나 할머니는 현재 귀가 능력이 없다.

만약의 경우를 대비해야 한다는 외삼촌의 의견에 따라 치매 환자 등록 카드를 만들었지만 할머니가 지참하고 있는 것은 아니었다. 원스톱 신원 확인 시스템에 할머니의 지문이 등록되어 있다는 것도 아이들이 처음 알게 된 사실이었다. 할아버지가 파출소에 신고했다. 할아버지는 아직은 경찰이 출동할 필요는 없다고 분명한 의사를 밝혔고, 도움을 청할 일이 있으면 즉시 연락하겠다고 했다.

윤아는 노트북을 열어 전원을 켜면서 할아버지가 옥자 할머니 모습을 기억하고 있는지 물었다. 윤아는 테더링을 사용할 것이다. 윤아가 스마트폰에서 모바일 핫스팟을 활성화했다. 윤아가 시작하자 민서가 노트북 화면에서 무선 와이파이를 클릭했다. 민서가 연결을 클릭하기가 무섭게 윤아가 와이파이 암호를 불러주어 성공적으로 연결을 시켰다. 윤아와 민서가 데이터가 빵빵하다고 했을 때 굳이 윤아가 나섰던 것이다. 놀랍게도 민서는 버릇처럼 입에 담던 비속어도 사용하지 않고 있었다.

민서는 몽타주를 만들 거냐고 물으면서 부지런히 손가락을 움직였다. 민서의 입보다 민서의 손이 더 빨리 움직였다. 몽타주 앱을 실행시켰다. 얼굴 윤곽이며, 이마, 눈썹, 눈, 코, 입……. 옥자 할머니의 몽타주가 완성되자 노트북을 들고 아랫집 악이 할머니에게 달려갔다. 악이 할머니에게 달려가자 옥자 할머니의 체격까지 말해 주었다. 옥자 할머니는 곱게 화장도 하고 있었다. 팔짱을 낀 두 사람의 키가 비슷했고, 한 할머니와 두 할아버지가 일행이었으니 모두 다섯 사람이라는 사실도 새롭게 알게 되었다. 명규와 민서는 완성된 몽타주로 어제 올린 할아버지, 할머니 소풍 사진과 함께 할머니와 옥자 할머니가 나란히 있는 사진을 SNS에 올렸다. 윤아가 재빨리 자판을 두드렸다.

외가체험

할머니, 그만 놀고 집으로 돌아오세요.

할머니가 보고 싶어서 윤아도 와 있어요.

명지와 송이는 마을회관으로 달려갔다. 소득은 없었다. 마을회관 앞에서 출발한 승용차도 많았고, 대부분 7080 교련복차림이어서 인상착의랄 것도 없었다.

세 시가 다 되었다.

SNS에는 할머니가 귀가하지 않은 것이라고 이해하는 사람도 있었고, 할머니가 마음 놓고 놀지도 못하게 하는 집이라고 비난하는 사람도 있었지만 이렇다 할 정보는 올라오지 않았다.

휴대폰에서 울리는 신호음은 엄마의 전화이거나 문자였다.

"미치겠네, 씨바. 얌마, 그냥 짱 박혀 있을 거냐?"

명규가 반쯤 일어섰을 때 민서를 주저앉힌 사람은 할아버지였다. 할아버지가 민서 어깨를 감싸 안았을 뿐인데 민서는 순하게 소파에 앉았다. 민서가 소리를 버럭 지르며 벌떡 일어설 때마다 할아버지가 나섰다.

마냥 거실에 앉아 서로의 얼굴만 바라보다가 네 시가 되었다.

산   101

다섯 시가 가까웠을 때 주원식 아저씨에게서 전화가 왔다.

"이제 어머니가 집에 가셨네요. 어르신은 돌아오셨나요?"

할머니를 찾지 못했는데 휴대폰을 가지러 갈 수는 없노라
고 하는 것을 할아버지가 휴대폰을 찾으러 와 달라고 부탁하다
시피 해서 마침내 출발하겠다는 주원식 아저씨의 답을 들었다.
휴대폰 주인 할머니도 함께 오겠다고 했다.

"내가 도움이 될지도 몰라 따라왔어요, 영감님. 노인네들끼
리 아주 친한 사이인 줄 알았어요. 누구네 할머니가 아니라 상
옥아, 옥자야 부르면서 얘기를 해서 한참이나 쳐다봤어요."

"할머니 성함은 어떻게 되시는데요?"

윤아가 물었다.

"내 이름? 하도 불러보지 않아서…… 갑자기 물으니 내 이
름도 잊어버렸네."
"우리 어머니 성함은 경 자, 연 자를 쓰시지. 성은 문 씨시고."

"부끄러워하지 마세요. 우리 나이 때가 되면 자기 집을 잊어버리기도 한다잖아요. 허허허."

"저희들도 저희 전화번호를 깜빡 잊을 때도 있어요, 할머니."

송이가 말하자, 민서가 경연 할머니에게 옥자 할머니가 어떻게 생겼는지 물었다.

"난 두 사람의 뒤에 있어서 목소리만 들었어. 우리보다 먼저 산을 내려갔고. 얘들아, 걱정하지 마라. 우리 노인네들은 어디 주저앉으면 질기게 앉아 있곤 하거든. 시간도 다 잊어먹어. 아마도 두 사람이 수다를 떤다고 연락을 않고 있을 게야. 영감님, 너무 상심하지 마세요, 이제 곧 소식이 있을 겁니다."

할아버지가 말없이 고개만 끄덕였다.

가겠다고, 도움이 되지 못해 미안하다고, 발걸음이 떨어지지 않는다고 하는 경연 할머니를 배웅했고, 마당에 세워놓은 주원식 아저씨의 승용차 시동 소리도 들었다. 출발하는 소리 대신 시동이 꺼지는 소리를 듣는 바람에 마당으로 나가보니 경연 할머니와 주원식 아저씨가 차에서 내렸다.

경연 할머니가 또박또박 말했다. 두 할머니의 뒷모습이 예

사롭지 않았다고. 할머니의 양 갈래 머리도 그랬지만, 옥자 할
머니는 그 흔한 뽀글 파마가 아니었다고. 명지와 송이는 경연
할머니의 말이 무슨 뜻인지 단박에 알아차렸다. 나이든 할머니
의 헤어스타일을 판에 박은 듯 같게 만든 뽀글 파마가 아닌 굽
실거리는 헤어스타일이 주는 그 느낌. 명규와 민서는 SNS에 올
린 사진을 다시 손보았다. 경연 할머니의 말대로 뽀글이 머리를
굽실거리는 머리로 바꾸었다.

　경연 할머니는 주원식 아저씨를 재촉해서 돌아갔다. 경연
할머니가 탄 차를 배웅하고, 경연 할머니도 차창을 내려 손까
지 흔들었는데, 뒷짐을 쥐고 마당을 서성이는 할아버지와 함께
아직 집 안으로 들어가지도 못하고 있을 때 경연 할머니가 다
시 되돌아왔다. 휴대폰을 또 가져가지 않았던 거다. 나중에 전
화해 볼 거라면서 가방을 뒤지니 휴대폰이 없더란다. 남녀노소
할 것 없이 많은 사람이 있었는데 아무도 그 사실을 알아차리
지 못했다.

친구

저녁 일곱 시 무렵. 엄마, 아빠가 외가에 도착했다. 하루 동안 "할머니 오셨니?"라는 말을 수만 번도 더 했을 엄마다. 여름날이라 아직도 밖은 어둡지 않았지만 할머니가 사라지고 다섯 시간이 넘었다.

"아버지, 엄마는 별일 없으실 거예요. 염려 마시고 저녁 진지부터 드셔요. 형규도 오려는 걸 제가 말렸어요. 다른 애들에게는 연락도 하지 말라고 했구요."

할아버지에게는 아버지라 하고 할머니에게는 꼭 엄마라고 부르는 건 엄마의 버릇이었다. 엄마가 말하는 다른 애들은 둘째 외삼촌과 막내외삼촌을 가리켰다. 맏이인 엄마의 말발이 매우 셌다. 할머니는 맏이는 부모 맞잡이라며 언제나 엄마의 의견을 중하게 여겼다.

"장인어른, 장모님은 장인어른이 계셔야 주무시니까 주무실 시간이 되면 돌아오시게 되어 있습니다. 장모님께서는 아무 일도 없으실 겁니다. 마음을 편히 잡수십시오. 장인어른이 굳건하셔야 장모님도 돌보실 수 있으십니다. 여보, 장인어른 진짓상 준비해야 되지 않아요?"

친구

엄마가 고개를 끄덕이며 주방으로 들어갔다. 명지와 윤아도 주방으로 따라갔다. 명규와 민서 곁에 있던 송이도 주방으로 향했다. 엄마가 할아버지 곁에 있으라며 모두를 주방에서 쫓아내버렸다. 명지들이 나오자 아빠가 주방으로 들어갔다. 아빠는 쫓겨나오지 않았다. 흐느끼는 소리가 들려 명지가 주방 안이 시야에 들어오는 곳까지 가 보았다. 엄마가 아빠 품에서 울고 있었다. 명지는 어떻게 해야 할지 몰라 곁에 와 있는 윤아와 송이 손을 꽉 잡았다.

아빠는 할아버지에게 하던 말을 엄마에게 되풀이하고 있었다. 할머니는 별일 없을 거라고, 엄마는 굳건해야 한다고. 엄마가 굳건해야 할아버지도 걱정을 덜 할 거라고. 엄마는 알아요, 알아요 하면서도 울음을 그치지 않았다. 명지들은 주방으로 들어갈 수도 없고, 거실로 물러날 수도 없었다. 엄마가 평상심을 잃지 않아야 아이들도 충격을 받지 않을 거라고 아빠가 말했다. 순간 엄마가 울음을 그치고 저녁을 준비하기 시작했다.

할머니가 사라진 이 시점에도 어김없이 배가 고파온다는 사실이 무척 당황스러웠다. 하지만 평소보다 시간이 많이 걸려 차려진 저녁상을 앞에 두고는 식욕이 나지 않았다. 모두가 둘러앉기에 두리반이 몹시 작았지만 그걸 탓하는 사람은 아무도 없었다. 서로 숟가락을 들라고 권하면서 숟가락을 드는 동작들은

외가체험

굶떴다. 모두들 안 먹기 내기나 느리게 먹기 시합을 하고 있을 때 마당이 환해지며 자동차가 들어오는 기척이 들렸다. 누가 먼저랄 것도 없이 마당으로 달려갔다. 할아버지와 엄마, 아빠는 맨발로, 아이들은 신을 꿰고.

경찰이었다.

"식당에서 제보를 해 주는 바람에 관할파출소에서 바로 출동할 수 있었습니다. 어르신들께서 성함을 말씀해 주셔서 원스톱 시스템 신원 확인이 단시간에 이루어졌습니다. 무엇보다 SNS가 결정적인 제보가 되었습니다. 어르신께서 곧 돌아오실 겁니다. 순찰 중이어서 전화를 드리기보다 직접 뵙고 말씀을 드리게 되었습니다."

경찰관의 표정이 상기되었다. 발개지는 송이의 얼굴처럼.

"아, 어르신. 동영상이 들어왔습니다. 식사 끝나고 바로 출발하실 거라는 문자도 왔습니다."

교련복 차림의 할머니와 옥자 할머니, 평상복 차림의 어떤 할아버지가 한 상에서 밥을 먹는 동영상이었다. 할머니는 즐겁게 식사 중이었다.

아무리 들어와서 밥 좀 먹고 가라고 해도 순찰 중이라며 경찰이 사양했다. 경찰이 거수경례를 하고 돌아갈 때 송이도 거수경례를 했다. 송이와 명지는 교련복 차림이다. 어제는 금방 벗어버렸던 교련복을 오늘은 모자까지 쓰고 있었다. 더운 줄도 몰랐다.

경찰이 돌아가고 나서 밥상 앞에 앉은 아이들은 입 안에 든 음식물이 사방으로 튀는 줄도 모르고 떠들어댔다. 할아버지와 엄마는 말이 없었다. 두 사람에게 어서 들라는 아빠의 권유는 무한반복 설정이 되어 있었다.

밥을 다 먹은 것도 아니고 덜 먹은 것도 아닌 애매한 상태로 꽤 시간이 흘렀다. 옥자 할머니가 할아버지에게 전화를 했다. 옥자 할머니 전화라는 걸 알고 엄마가 스피커폰으로 전환했다. 20분 후에 도착한다는 소식이다. 옥자 할머니의 목소리에 섞여 울면서 고함을 치는 할머니의 목소리가 들렸다. 기태한테 갈 거라는 할머니의 목소리와 함께 말리는 소리, 깨지는 소리, 비명 소리가 들렸다. 그리고 전화가 끊어졌다. 다시 옥자 할머니에게 전화를 해도 연결되지 않았다.

아빠가 경찰과 주원식 아저씨에게 할머니의 소식을 알렸다. 경찰에게는 옥자 할머니의 위치 추적을 요청했다. 20분이 지나고 30분이 지나도 할머니는 도착하지 않았다. 옥자 할머니도 전화를 받지 않았다. 식당에 연락하여 틀림없이 세 사람이 탄 승용차가 출발했다는 사실을 확인했다. 아빠가 경찰에 다시 연락을 했다.

옥자 할머니 휴대폰 위치 추적을 했지만 휴대폰은 길가 풀숲에 떨어져 있었다는 걸 알게 되자 불안감이 증폭되었다. 20분 후에 도착한다는 승용차는 한 시간을 넘기고도 도착하지 않았다. 아빠가 할아버지와 함께 길을 나섰다. 할아버지가 연락을 했다. 경찰이 옥자 할머니네 승용차를 찾았는데 차 안에는 아무도 없었다고. 할아버지는 다시 경찰과 합류했다는 연락을 했다. 20분이 한 시간 20분이 지나고도 할머니는 돌아오지 않았다.

다시 한 번 승용차가 마당에 들어왔다. 급히 마당으로 뛰어 내려갔다.

"기태야, 기태야. 기태 어딨어?"

사라졌던 할머니가 고함을 치며 차에서 내렸다. 흙투성이 발로 할머니가 방으로 뛰어 들어갔다. 엄마가 할머니 손을 잡았다. 할머니가 엄마를 알아보긴 했지만, 할머니는 여전히 기태를 찾았다.

기태는 없었다.

할머니는 엄마 손을 뿌리치고 다시 나가려 했다.

명지와 명규가 영실이라고, 용수라고 자신들을 가리키며 곧 기태가 올 거라고 했다. 할아버지가 그랬던 것처럼 차분한 목소리로 말하려고 애를 썼다. 할아버지가 그랬던 것처럼 짧게, 한 가지 정보만 말하려고 신중을 기했다.

"사랑해, 상옥아."

명지가 용기를 냈다. 할아버지를 찾던 할머니가 명지를 가만히 바라보았다.

"왜 연기하고 그러세요. 할머니 안 미쳤잖아요."

망구가 할머니로 바뀌었다. 민서가 주먹으로 쓱 눈을 비볐다. 할머니가 주변을 둘러보았다. 엄마, 명지, 송이, 윤아, 명규, 민서가 할머니 가까이에 둥글게 앉아 있었다. 그 뒤로 옥자 할머니 일행과 경연 할머니, 주원식 아저씨가 앉았다. 엄마가 가만히 노래를 불렀다.

푸른 하늘 은하수 하얀 쪽배엔
계수나무 한 나무 토끼 한 마리
돛대도 아니 달고 삿대도 없이
가기도 잘도 간다 서쪽 나라로

엄마가 세 번째 되풀이할 때 할머니가 곁에 앉아 노래를 따라 불렀다. 가만가만 조심스러운 목소리로. 명지와 명규도 따라 불렀다. 동요가 나지막하게 울려 퍼지는 거실에 아빠와 할아버지가 조용히 들어섰다.

할아버지는 차분하고 나지막한 소리로 할머니를 불렀다. 모두들 조금씩 물러나 할머니 앞으로 길을 텄다. 할아버지 눈에 눈물이 차올랐다. 할아버지가 독백을 하듯 소곤소곤 할머니에게 말했다. 할아버지는 할머니가 사라지게 된 것을 할머니에게 미안해하고, 할머니가 무사히 돌아와 준 것을 고마워했다. 자러 들어가자며 할아버지가 할머니 손을 잡았다. 이제 괜찮다는 할아버지의 소리가 노래처럼 흘러나왔다.

할아버지와 할머니가 방으로 들어가자 옥자 할머니가 말문을 열었다. 옥자 할머니는 할머니가 온전하지 않다는 사실을 전혀 몰랐었다. 날이 어두워지자 밥을 먹다가 말고 기태에게 가야 한다고 울부짖기 시작할 때에야 비로소 사태의 심각성을 알게 되었다고 했다. 꼭 뭐에 홀린 것처럼 경찰이 왔을 때도 이상해하지 않았다는 것이다.

난리법석 통에 낮부터 할머니와 동행한 옥자 할머니의 남편에게는 인사가 늦었다.

옥자 할머니가 다시 말을 이었다. 나이가 들면 화장실 볼일을 참기가 어려운데, 바로 그 일로 옥자 할머니는 할머니를 만나게 되었다. 할머니는 처음 보는 옥자 할머니의 이름을 불렀고 너무도 반가워했다. 의아했지만 할머니가 하는 학창 시절 얘기는 한 학교에 다닌 것처럼 비슷했다. 옥자 할머니는 같은 학교 다닌 친구를 못 알아보았다는 죄책감이 들기 시작했다. 나이 탓에 50년 저쪽 사람을 까마득히 잊어버렸다며 점점 학창 시절 얘기에 푹 빠져들었다.

내가 아는 사람인가, 내가 아는 사람이야, 내 친구 맞네. 이렇게 생각이 바뀌는 데는 오랜 시간이 걸리지 않았다.

옥자하고 놀다 갈게.

기태 너는 나중에 보자.

할아버지에게 할머니가 했던 말은 옥자 할머니의 생각이 맞다는 걸 뒷받침해 주었다. 딸이 손녀에게 들었다며 가족들이

외가체험

할머니를 찾고 있는 것 같다고 했지만 귓등으로 흘렸다. 한참 얘기에 빠져 있다가 혹시나 싶어 '윤아가 찾는다'고 할머니에게 얘기했더니 할머니가 단호하게 윤아라는 친구는 모르고, 미애와 기태 얘기만 했다고 말했다. 얘기 끝에 옥자 할머니는 할머니의 신분목걸이를 다른 사람이 걸게 해 보라는 의견을 내놓았다. 새겨들었다.

옥자 할머니는 새겨듣겠다는 엄마에게서 경연 할머니에게로 눈길을 돌렸다. 경연 할머니 덕분에 무사히 돌아오게 되었노라고 옥자 할머니는 모든 공을 경연 할머니에게 돌렸다. 얘기의 주도권은 경연 할머니에게 넘어갔다.

주원식 아저씨와 경연 할머니가 승용차 가까이 갔을 때 할머니의 울음소리를 들었다. 처음엔 나쁜 사람들이 납치하는 줄 알고 잠시 동태를 살폈다. 할머니를 발견하고 할아버지에게 연락을 했을 때 할아버지는 식당에서 되짚어오고 있었다.

경연 할머니가 옥자 할머니에게 인사를 건넸다. 옥자 할머니는 할머니가 이름을 알아서가 아니고 본인 이름이 흔한 탓이라고 말했고, 경연 할머니는 두 사람의 모습이 보기 좋았다고 부러워했다. 경연 할머니는 굽실거리는 헤어스타일이 일품이라고 옥자 할머니의 머리 손질 솜씨를 칭찬했다.

"아, 이거요? 원래 곱슬머리예요. 어렸을 때는 곱슬머리라고 설움을 많이 당했어요. 그 때는 지금보다 더 곱슬머리였고, 여름날 햇볕에 나가면 다른 사람보다 더 까맣게 탔어요. 별명이 튀기였어요."

"엄마, 튀기가 뭐야?"

명규가 물었다. 엄마가 검지를 입에다 대며 조그맣게 말했다.

"국제가족."

"사내아이들이 많이 놀렸어요. 흑인이라고."

옥자 할머니 말에 그 시절엔 튀기라고 많이도 놀려댔었다고 경연 할머니가 한숨을 내쉬었다. 두 할머니는 쉽게 공감대를 형성했고, 금방 친구가 되었다. 그때 방에 자러 들어갔던 할머니가 시끄럽다며 거실로 나왔다. 할아버지 곁에서 쉬었던 할머니는 친구가 놀러왔다며 무척 기뻐했다. 옥자 할머니가 친구 경연 할머니를 할머니에게 소개했다.

"너도 우리 친구니?"

할머니의 물음에 답한 사람은 주원식 아저씨였다.

"어르신, 고맙습니다. 어머니는 오직 저 하나만 바라보며 살아오셨습니다. 어머니가 유일하게 하는 취미생활이 복지회관 한자반에서 소학을 공부하는 것인데요. 한자반 어느 분이 뒷산 소풍 제안을 하셔서 따라나서신 겁니다. 두 분 사이를 몹시 부러워하셨습니다."

할머니는 인상을 잔뜩 찡그리고 주원식 아저씨를 바라보았다. 할아버지가 할머니 곁에서 등을 토닥토닥 두드렸다. 옥자 할머니가 말을 하기 시작하자 할머니가 방그레 웃으며 옥자 할머니의 무릎을 톡톡 쳤다. 옥자 할머니도 할머니 손을 잡았다.
옥자 할머니가 엄마를 위로했다.
엄마가 너무 상심하는 건 할머니를 위하는 일이 아니라고 했다. 할아버지가 할머니 곁을 지키지 않느냐고, 세상에는 혼자 감당할 수밖에 없는 사람들이 널려 있다고. 할머니가 여고 시절로 돌아가는 걸 보면 할머니는 지나간 시절 중에 그 시절이 제일 좋았을 거다. 옥자 할머니도 여고 시절이 그리웠다. 여고 시절을 즐기러 자주 올 거라는 옥자 할머니 말에 경연 할머니도 맞장구를 쳤다.

예부터 짐은 나누는 법이라 했지만, 할머니가 결코 짐이 아닌 까닭에 주어진 상황을 담담하게 받아들이라는 뜻이라고 경연 할머니가 말했다. 할머니가 치매를 앓고 있지만, 그래도 이만하길 하고 받아들이면 뭔가 억울하고 분노가 치밀고 원망스럽던 마음이 어느 만큼은 누그러진다고 덧붙였다.

옥자 할머니와 경연 할머니가 자주 놀러오겠다고 했을 때 할아버지가 요일과 시간을 정해놓으면 할머니에게 도움이 되겠다며 적극적으로 받아들였다. 염치없는 사람이 되었다며 안절부절못하는 할아버지를 두 할머니가 번갈아가며 멋들어지게 위로했다. 옥자 할머니는 언제 오겠노라 못을 박으니 직장에 취직한 것 같다며 유쾌하게 웃었다.

그런 얘기들을 나누는 어른들이 모두 친척 같다. 농촌 어르신들과 청소년의 연극 행사를 기획한 선생님이 아할아할 프로그램은 새로운 커뮤니티라는 말을 했었다. 그 새로운 커뮤니티라는 게 이런 게 아닐까. 이웃사촌이라는 말이 왜 생겼는지 실감이 났다. 할머니가 치매에 걸린 게 쉽게 받아들여지는 것은 아니지만, 할머니들과 함께 하는 것이 새로운 용기가 되는 것은 틀림없었다. 치매는 옛날을 잊어버리면서 동시에 옛날로 돌아가기도 한다. 나이 들어 만난 치매는 청소년시절로 인생을 뒤집는 것일까, 청소년 시절의 부활일까.

외가체험

"빨래는 세탁기가, 밥은 전기밥솥이 하지. 따로 불 안 때도 방 따뜻하지. 선풍기니 에어컨이니, 그런 게 있어 시원하지. 잠깐이면 차로 장보기가 되지. 얼마나 편해졌어. 게다가 요즘은 밥하기 싫으면 식당에 가잖아. 좀 좋아. 우리야 징그럽게도 일을 많이 하고 살았지."

"옥자야, 틀림없이 지금보다 불편했지만, 난 그때가 좋아. 우리가 그리 내세울 것도 없이 그냥그냥 살아온 건 틀림없는데, 돌아보면 잘 살아온 것 같아."

옥자 할머니와 경연 할머니의 대화는 졸리도록 아득하고 따뜻했다.

"옥자 할머니, 경연 할머니. 저희들이 연극 공연을 준비하고 있는데, 그것도 도와주실 거죠?"

송이가 끼어들었다.

"우리 같은 나많이가 아는 게 없잖아. 너희들 짐만 될 텐데."
"경연 할머니, 짐을 나눠지면 가벼워진다면서요. 하실 수 있는 일만 부탁드릴게요."

"난 채진복이다. 남자 배우는 필요 없니?"

옥자 할머니, 경연 할머니, 그리고 진복 할아버지까지. 명규가 배우들 단체 촬영을 했다. 할아버지에게 기대고 있던 할머니가 슬며시 옥자 할머니와 경연 할머니 사이에 들어가 앉았다. 허락할 줄 미리 알고 조금 전부터 녹음하던 중이었노라고 민서가 점잖을 떨었다. 진작 알았으면 멋진 얘기만 골라서 했을 텐데, 할머니들이 박수를 치며 웃었다.

"기태, 우리도 친구하세. 여학생끼리 놀고 있으니 우리는 남학생끼리 지내세그려. 정식으로 인사하겠네. 채진복일세."
"난 임진생 박기태인데……."
"기태, 자네도 짐작했을걸세. 자네보다 내가 나이가 많아서 미안하네만, 그래도 나이 같은 건 따지지 말기로 하세. 우리가 병아리나 벼 이삭도 아닌데 오뉴월 하루 땡볕 따져서 뭘 할 텐가. 이세상에 올 때는 순서가 있었지만 저세상에 갈 때는 순서도 없다고 하지 않는가. 우리 친구함세."
"나야말로 바라던 바일세. 고맙네, 참말 고마우이."
"내가 마누라하고 같이 출근하겠네. 자네집은 뒷산이 있어서 그만일세그려."

외가체험

송이가 늦은 밤에 아랫집 악이 할머니와 인터넷 쇼핑을 하러 가잔다. 윤아는 더 얼떨떨해 했다. 간밤에도 7080 교복을 가지러 들렀던 악이 할머니다. 송이는 윤아를 금방 수긍하게 만들었다.

윤아가 노트북을 챙기자, 일부러 큰 소리로 재잘거리며 아랫집으로 향했다. 아랫집 마당에 들어섰을 땐 이미 악이 할머니가 밖에 나와 있었다.

윤아가 노트북에 쇼핑몰 화면을 띄웠다. 악이 할머니는 몽타주를 만들 때 보았던 컴퓨터에 어느 정도 익숙해져 있었다. 할머니의 모든 반응은 얄궂다는 말로 통일되었다. 한밤중에도 가게 문을 열어 놓는 컴퓨터를 악이 할머니는 아주 기특하게 여겼다. 밤새도록 일하면 돈이 많이 들겠다고 걱정하는 할머니를 기계가 하기 때문에 그렇지 않다고 윤아가 안심시켰다. 참 부지런하고 똑똑하지만 사람이 시키지 않으면 기계는 스스로 알아서는 일할 수가 없고, 전기가 없으면 바보가 되어 버린다는 말에 악이 할머니는 캄캄한 밤중에도 웬만한 일은 할 수 있는 할머니가 컴퓨터보다 나을 때도 있다면서 목소리에 힘을 주었다.

노트북 화면에서 마음에 드는 머리핀을 골랐다. 스크롤 화면에서 머리띠를 발견한 악이 할머니는 머리핀을 포기하고 머리띠를 골랐다. 샛별이와 보람이가 머리띠를 두른 모습을 종종 보았노라고. 손녀들이 좋아할지 모르겠다고 걱정하는 할머니에게 초등학생용이라고 되어 있다고 재잘거리자 악이 할머니가 만족스러운 미소를 지었다.

상품 선택을 끝냈으니 배송지를 입력해야 했다. 샛별이와 보람이에게 직접 배송을 하면 좋을 것 같았다. 할머니는 망설였다. 손녀들에게 하루라도 빨리 주고 싶기도 하고, 할머니가 직접 주고 싶기도 했다. 결국 악이 할머니는 손녀들이 머리띠로 하루라도 빨리 시원해지는 쪽을 택했다. 그런데 악이 할머니는 샛별이네 주소를 모르고 있었다. 송이가 샛별이에게 물어보려해도 악이 할머니가 말렸다. 할머니는 손녀들에게 깜짝 선물을 하고 싶은 거다. 주소를 알 방법이 없어서 난감했다.

명지들과 얘기를 하다 말고 악이 할머니가 갑자기 아랫집 할아버지에게 서둘러 갔다. 늦은 밤 시간에 찾아와 할머니, 할아버지를 방해하는 건 아닌가 걱정스러웠다. 악이 할머니가 아랫집 할아버지 곁에 다녀와서는 주소를 알았다는 희소식을 전했다. 언어를 구사할 수 없는 할아버지라고 들었다.

반가운 소식부터 전했던 악이 할머니는 다시 방으로 들어가 제일 아래쪽 서랍을 열어서 찾은 주민등록등본을 방문객들에게 보여 주었다.

외가체험

"세금 혜택인가 뭔가 때문에 아들네로 주소를 옮기네 마네 한 적이 있었거든. 해당이 안 된다던데, 그 참에 이 등본을 가지게 됐지. 영감이 애들 사진보다 이거 보는 걸 좋아해. 예전에 이런 게 없어서 크게 어려운 적이 있어서 그런 모양이야. 우리 영감이 생각해냈지 뭐야."

악이 할머니는 아랫집 할아버지가 부르는 소리를 어떻게 알았을까. 악이 할머니는 아랫집 할아버지가 움직일 때 소리가 나도록 했을 뿐이라고 했다. 아이들 중 그 누구도 듣지 못한 아랫집 할아버지가 내는 소리를 보청기도 끼지 않은 악이 할머니가 들었다. 잠결에도 들을 수 있다고 인터뷰 때도 얘기했었다. 주민등록등본을 보고 샛별이와 보람이가 살고 있는 주소를 배송지 칸에 입력했다. 악이 할머니와 아들 가족들 이름까지 알게 되니 아랫집 할아버지 이름도 궁금했다. 황규호였다. 송이가 속삭였다. 친할아버지 이름도 부를 일이 거의 없는데, 한꺼번에 이렇게 많은 할머니와 할아버지 이름을 알게 될 줄 몰랐다고. 확실히 새로운 커뮤니티가 맞다고.

"악이 할머니, 맨 아래 서랍인 건 또 어떻게 아신 거예요?"

악이 할머니를 괴롭히고 있는 건 아닌지 염려스러웠지만 너무도 궁금해 그냥 돌아올 수가 없어서 물었다.

"우리 영감은 얼굴로 말하거든. 눈, 코, ……눈썹으로도 말해."
"……."

방문객들은 모두 입을 크게 벌린 채 눈을 동그랗게 떴다.

"지금 너희들처럼 우리 영감이 말하지. 우리 영감, 많이 점잖지? 고함이라곤 모르는 양반이야."

외가체험

멧돼지

외가에 온 지 사흘째다.

아빠는 홀로 집으로 돌아갔다. 엄마가 있는 밥때는 또 어떨지 기대가 된다. 분명한 것은 고품질의 식단이 제공될 가능성이 크다는 거다. 가끔 할머니와 엄마가 식단을 책임지기도 할 것이다. 그땐 절대 지존 식단을 만나겠지. 완전 기대가 된다.

간밤에는 늦게까지 녹취록 작업을 했다.

명지는 주방에서 윤아와 함께 민서의 녹음 파일을 재생시켜 녹취파일을 만들고 있었다. 역할 분담을 했다. 한 명은 입력 속도에 맞춰 녹음 파일 재생을 맡고, 다른 한 명은 노트북에 말을 글로 옮기는 것이다. 컴퓨터 속기를 배워두었으면 좋았을 거다. 각색할 글감을 찾으면 되니 녹음된 얘기를 빠짐없이 입력할 필요는 없다는 게 윤아의 생각이었다. 명지와 윤아가 한창 일에 빠져있을 때 엄마가 주방을 드나들며 그만 자라고 걱정을 했다. 뇌과학적으로 청소년의 뇌는 밤에 활성화된다고 했다는 말로 밤 작업을 합리화시켰다. 마을을 돌아다니며 인터뷰 하려던 것은 계획으로 그쳤다. 시간이 없어서도 그렇지만, 지금까지 인터뷰한 것만 해도 연극을 하기에 분량이 넉넉할 것 같았다.

잠시 쉴 겸 해서 엄마에게 결혼관을 물었다. 할아버지와 악이 할머니를 인터뷰하면서 자연스레 결혼이란 말에 흥미가 생겼다.

"예전엔 결혼할 때 왜 집안이 중요했느냐고? 그 어떤 존재든 외톨박이는 없어서가 아닐까. 한 인간의 성장에는 우주 만물이 관여한다잖아."

엄마 말이 녹취록 작업에 더 애정이 가도록 만들었다.

"할아버지를 인터뷰하지 않았으면 듣지 못했을 얘기들이 많아. 감동이야, 언니."

할머니를 진정시킬 때마다 '사랑해'라고 말하는 할아버지 모습이 떠오른다. 치매 때문에 가정이 파괴되는 집도 있다는 끔찍한 뉴스를 들은 것 같은데 감동이라니. 할머니가 치매 환자인 것은 불행한 일인데, 불행한 일이라고 해서 불행한 일만 생기는 건 아니었다.

밤에 활동하는 데 무리가 없노라 큰소리는 쳤지만 생각보다 입력 시간이 많이 걸려 다른 방법을 찾긴 찾아야 했다. 노트북이 한 대밖에 없는 것이 다시 아쉬움으로 다가왔다. 녹취 파일로 각색을 해야 했기 때문에 시일이 빠듯해서 늑장을 부릴 수도 없었다. 그런 생각을 하고 있을 때 엄마가 돕고 싶다는 제안을 했다. 녹음된 파일을 재생하는 건 엄마도 할 수 있는 일이니

외가체험

까 엄마와 윤아가 한 팀으로 작업을 하고, 내일 아침엔 명지가 송이와 한 팀이 되기로 했다. 명규와 민서는 기획하고 녹음한 걸로 충분하다, 고 생각했다. 민서의 불평과 싸우느니 제외하는 게 백 번 더 낫다.

"아, 달콤한 아침 늦잠을 반납하게 생겼네."

명지는 송이 곁에 누워서 휴대폰 알람을 설정했다. 약한 선 풍기 바람을 회전시켜 놓는 것만으로도 여름 더위를 이길 수 있는 외가의 여름밤. 잠이 들어 있어서 몰랐는데 새벽에는 방문과 창문을 닫고, 몸을 잔뜩 움츠리고 자는 아이들에게 이불을 덮어 주었다가 아침이 되면 다시 문을 연다고 엄마가 말했다. 엄마도 그렇게 자랐노라고. 할아버지는 할머니를 보살피기 전에는 아이들 지킴이였다고.

오늘 아침에도 일력을 다시 붙였다가 할머니 손으로 떼면서 하루가 시작되었다. 할아버지가 현관문을 열 때 소리 나게 해 둔 노랫소리는 잠을 깨우지 못하는데, 할머니의 투정 소리엔 눈이 번쩍 뜨인다. 악이 할머니는 자다가도 규호 할아버지가 부르는 소리를 듣는다 했다. 거의 그런 수준에 도달한 건가.

이른 아침부터 녹취록 작업이 시작되었다. 엄마가 할아버지, 할머니와 주방에서 아침을 준비하는 소리를 들으며 작업이 이루어지고 있었다. 만만치 않았지만 뭐라 이름 지을 수 없는 어떤 힘이 솟아나고 있었다. 작업은 아침밥을 먹고도 계속되었다.

한창 녹취록 파일을 작성하고 있을 때 할아버지가 할머니와 외출 준비를 했다. 도서관에 다녀올 거란다. 할아버지 차가 마당을 벗어나자마자 송이가 진짜 도서관에 가는 거냐고 물었다. 매주 이 시간 즈음 할아버지, 할머니가 도서관에 다녀오는 것은 역사가 오래 되었다. 할머니가 워낙 좋아하는 일이다. 처음 들어보는 얘기라는 송이에게 도서관에서 동아리활동을 하는 할머니, 할아버지도 많다는 얘기는 해외토픽으로 들리는 모양이다.

하지만 녹취록 파일 작업을 미처 끝내지도 못했는데 할아버지와 할머니가 집으로 돌아왔다. 할머니가 기태라고 부르는 걸 보고 왜 빨리 돌아올 수밖에 없었는지 짐작했다. 일력을 다시 붙일 때부터 이미 일은 이렇게 되어 가고 있었다. 할머니가 온전하지 않은 상태라는 것은 할아버지가 동행하는 할머니의 도서관 방문에 아무런 영향을 미치지 못했다. 할머니가 과거로 돌아가는 일이 느닷없이 일어나는 만큼 되돌아오는 것도 미리 생각하고 기다릴 수 있는 게 아니었다. 할아버지는 할머니가 기태라고 부를지도 모르는데도 절대로 도서관 방문을 포기하지

외가체험

않는다고 엄마가 말했다.

녹취록이 거의 완성되어 가자 새로운 생각이 떠올랐다. 컴퓨터보다 출력물이 있으면 더 편리할 것 같았다. 윤아가 녹취록을 바탕으로 각색을 할 때 언니들과 명규, 민서의 의견을 듣고 싶어 한 것도 이런 생각을 하게 만들었다. 컴퓨터는 줄과 칸을 엄격하게 따지지만 출력물에 기록하는 의견 표시는 줄과 칸이라는 데 구애받지 않고도 할 수 있었다. 브레인스토밍 학습지를 작성하는 것처럼 출력물에 의견을 기록해 두면 굳이 모두 모이지 않고도 작업이 가능했다.

송이도 같은 생각을 했나 보다. 그런데 외가에는 프린트기가 없었다.

잠시 후 명지와 송이의 빛나는 눈이 마주쳤다. 주원식 아저씨는 출력물을 가지고 오후에 들르겠다고 했다.

주원식 아저씨가 녹취록 파일을 아이들 숫자대로 출력하여 외가에 왔을 때 뒷산 텃밭에서는 일대 격전을 치르고 있었다.

격전은 할아버지가 도라지를 수확하기로 한 게 빌미가 되었다고 할 수 있을 거다. 마트에서 도라지를 사 오는 게 아니라 땅에서 도라지를 캔다고 가장 들뜬 사람이 민서다. 땅을 파는 게 체질이라나 뭐라나.

뒷산에 간다는데 할머니가 오늘은 교련복을 입지 않았다. 온전한 할머니구나, 마음이 절로 평안해지는 것을 막을 수가 없었다.

"기태야, 영실이하고 용수도 같이 갈 거야?"

가는 한숨이 나오는 것도 막을 수가 없었다. 할아버지가 목에 수건을 걸치자 엄마가 할머니 목에 수건을 감아 주었다. 아이들 목에도 수건을 하나씩 걸치게 했다. 목에 수건 하나 걸치는 것으로 대단한 일꾼 무장을 끝냈다. 집에서 쓰고 온 여름모자로 자신들의 취향을 곁들였다.

할아버지가 지어놓은 헛간으로 들어갔다. 제일 먼저 눈에 띈 것은 집 안에서 자취를 감춘 할머니의 흔들의자였다. 농기구 창고라고 들어간 헛간은 농기구뿐 아니라 호기심을 자극하는 각종 공구와 골동품 수준의 아이 용품까지 보관되어 있었다. 어린 시절 반두깨비했던 살림살이도 선반 하나를 차지하고 있었다. 할머니는 어린 명지가 깨진 사금파리며, 예쁘게 생긴 돌을 가지고 소꿉놀이를 하면 꼭 반두깨비라는 용어를 사용하면서 같이 놀아주었다.

송이가 자전거에 장착하는 보조의자를 들고 용도를 물었다.

"백 투 더 패스트."

명지가 한 모퉁이에 세워져 있는 할아버지 자전거에 유아
용 보조의자를 살짝 얹었다. 만질 수는 있어도 체험은 불가능하
다는 걸 송이가 금방 이해했다.

각자 마음에 드는 연장을 고르고 나서도 머물고 싶은 아쉬
움이 쉬이 사라지지 않은 채 목장갑을 끼고 헛간을 나왔다. 할
아버지는 욕심 내지 말고 호미나 들고 가랬지만 진정 욕심이 아
니라 일꾼이고 싶은 아이들의 순수한 의욕을 막는 데는 할아버
지의 힘이 모자랐다. 그나마 명지와 윤아가 호미를 드는 바람에
주인장의 염려는 체면을 살린 셈이었다. 명규는 괭이를, 민서는
쇠스랑을, 두 사람을 살피던 송이는 삽을 들었다.

엄마가 보냉병을 챙겨주면서 명규와 민서의 가방에 얼린
생수병을 여러 개 채웠다. 뒷산까지는 고난의 행군이 아니라 그
야말로 엎어지면 코가 닿을 정도의 거리라서 필요하면 엄마가
시원한 물을 배달할 수조차 있음에도 굳이 얼린 생수병까지 넣
어서 가방을 챙겼다. 산에 일군 텃밭의 도라지를 내일부터는 흔
적도 찾을 수 없을 것이다. 청소년 일꾼의 힘을 보여줄 때가 온
것이다.

텃밭은 산허리를 따라 계단식 이랑을 이루었다. 명지는 텃

밭에 들어가 도라지를 캐는 게 놀이가 아니고 일인데도, 일을 앞두고도 그림처럼 아름다운 주변을 감상했다. 할아버지가 전봇대만 없으면 전망이 더 좋을 거라고 하여 그쪽 방향으로도 눈길을 돌렸다. 산봉우리가 아님에도 아래를 내려다보는 맛이 그만이었다. 전망이 좋았다. 단지 바라보기만 하는데도 이렇게 마음이 넉넉해지다니. 산이 보이면, 강이 보이면 아파트 값이 달라진다는 어른들의 말이 괜한 말이 아니다. 가까이서 보면 그냥 나무고, 풀이고, 물이던 것이 멀리서 보니 더할 수 없는 경치가 되었다. 아닌 게 아니라 전봇대가 시야를 방해하기는 했다. 할머니는 전봇대 근처의 큰 감나무 아래에서 쉬고 있었다. 가방 두 개를 할머니 앞에 내려놓으며 꼭 지키고 있으라고 명규가 할머니에게 부탁을 했다. 할머니가 용수에게 그러겠다고 대답했다. 명규가 제 목에 걸린 수건을 할머니 머리에 모자처럼 얹었다. 윤아가 목장갑을 벗더니 제 수건으로 양머리를 만들어 할머니에게 씌우고 명규에게 수건을 돌려주었다. 송이가 양머리를 만들어 쓰고 할머니 앞에서 거울 노릇을 했다.

　도라지 밭은 위쪽이었다. 장마 덕분인지 땅이 덜 말라 있었다. 장마철에 텃밭을 가꿀 때는 배수가 중요하다고 했던 할아버지 말이 떠오른다. 잡초와 섞여 있어도 꽃이 핀 도라지는 쉽게 눈에 띄었다. 도라지꽃이 피어 있어 텃밭이 아니라 꽃밭 같다.

도라지를 심은 바깥쪽에는 고추를 심어놓았다. 도라지 밭은 두 이랑이었다.

"겨우 두 줄? 땀나다 말겠네. 암마, 우리끼리 한 줄씩 맡자."

명규가 고개를 갸우뚱했다.

민서가 비속어로 박자를 맞추며 쇠스랑을 땅에 힘차게 찍었다. 민서는 도라지를 캐는 게 아니라 구멍 뚫기를 하고 있었다. 아무래도 아닌 것 같았는지 송이가 나서서 삽으로 이랑을 팠다. 송이는 프라이팬에 계란이라도 구운 것처럼 흙을 한 줌 떠올렸다. 송이도 다시 도전했지만 영 신통찮다. 괭이를 든 명규가 나서자 제대로 도라지 캐기가 시작되었다. 명지와 윤아가 호미로 흙을 부수면서 도라지를 뽑았다. 민서가 쇠스랑을 땅에 꽂더니 생수를 입에 물었다가 찍 뱉었다.

"꺅-. 저기, 저기."

갑자기 할머니가 비명을 질렀다. 할머니가 가리키는 곳에 멧돼지가 나타났다. 할아버지가 어쩌다 나타난다고 한 멧돼지다. 그 어쩌다가 하필 지금이다. 아이들끼리 떠들었는데 멧돼지가 듣지 못했나 보다. 시력이 좋지 않다고 알려진 멧돼지는 다행스럽게도 아직 일행을 발견하지 못한 듯했다. 멧돼지 뒤로 새끼 돼지 다섯 마리가 졸졸 따라다녔다. 호랑이나 늑대 같은 멧돼지 천적이 없어서 번식률이 대단하다는 멧돼지 가족을 눈앞에서 확인하고 있다.

멧돼지를 발견하자마자 송이와 민서가 달아날 준비를 했다.

"멧돼지는 시속 50km로 달릴 수 있다. 너희들이 달아나면 멧돼지의 표적이 될 수 있다는 걸 명심해."

할아버지의 주의를 듣고 송이가 몹시 무서워했다. 등을 보이지도 말고, 빨리 움직여서도 안 된다고 송이에게 명규가 덧붙였다. 할아버지는 할머니 곁으로 가서 사랑해를 시작으로 괜찮다며 할머니를 달래고 있었다. 할머니는 더 이상 비명을 지르지 않았다. 큰 동작으로 움직이지 말라는 명규 말에 민서가 코웃음을 쳤다. 그러거나 말거나 천천히 조금씩 뒤로 움직여서 안전한 곳으로 피하라고 민서에게 말하는 명규의 단호한 목소리는 거의 명령조였다. 민서의 입에서 얌마가 사라졌다. 새끼가 있는 멧돼지여서 그리 포악하게 굴지는 않겠지만, 멧돼지가 채소 냄새를 맡고 이쪽으로 방향을 잡을 것 같다며 명규가 민서에게 할

외가체험

아버지 곁으로 피하라고 지시했다. 명지와 송이, 윤아에게도 뒤로 조금씩 움직이라고 손가락을 할아버지 쪽으로 가리켰다. 겁먹은 모습을 보이지 않아야 한다고, 공격할 의사가 없다는 걸 인식시켜야 한다고 말하는 송이도 지휘자 대열에 합류했다.

멧돼지 가족들이 서서히 텃밭 경계로 다가오고 있었다. 멧돼지 가족들이 막 고추밭 고랑에 진입했을 때다. 갑자기 할머니가 소리를 지르며 생수병을 던지기 시작했다.

"저리 가, 돼지야. 우리 고추야. 저리 안 가."

할아버지가 급히 말렸지만 할머니는 멈추지 않았다. 고추밭에 진입한 멧돼지가 갑자기 달려오기 시작했다. 멧돼지가 달리자 조금씩 움직이던 민서가 쇠스랑을 팽개치고 줄행랑을 놓았다. 할아버지는 황급히 전봇대 뒤로 할머니를 숨겼다. 전봇대 뒤에 모두가 숨을 수는 없었다. 할아버지는 민서에게 전봇대 뒤쪽 산비탈로 내려가라고 지시했다. 명지도 송이, 윤아와 함께 민서를 따라갔다. 명지는 다리가 후들거려 멀리 달아날 수가 없었다. 명규가 등을 보이지 말라고 소리쳤다. 가까스로 멧돼지 쪽으로 방향을 돌렸다. 위쪽에서 보면 명지 얼굴이 다 보이겠지만 멧돼지가 시력이 나쁘다고 했으니 그걸 믿어 보는 수밖에.

명규는 괭이를 멀리 집어던졌다. 목에 감았던 수건을 뭉쳐 더 멀리로 던졌다. 멧돼지가 잠시 멈칫 하는 사이 명규는 전봇대가 아니라 전봇대 앞에 있는 감나무를 타기 시작했다. 굵은 나뭇가지에 매달려 힘껏 앞뒤로 몸을 흔들었다. 멧돼지가 나무를 향해 돌진했다. 아슬아슬하게 명규가 나무 위로 올라갔다.

멧돼지 새끼들은 고추밭을 점령하고 있었다. 고추밭은 멧돼지 새끼들의 발아래에서 무참하게 망가지기 시작했다. 멧돼지 새끼들이 갑자기 꿀꿀거리며 산위로 오르기 시작했다. 새끼들의 소리를 듣자 명규를 공격하던 멧돼지가 새끼들을 향해 달려갔다.

"이제 멧돼지가 우리를 공격하지는 않을 것 같다. …… 아, 구름이 좋구나."

할아버지가 할머니 어깨를 안고 하늘을 바라보았다. 할아버지를 따라 고개를 젖혔지만 하늘도 구름도 눈에 들어오지 않았다. 아직도 가슴이 마구 쿵쿵거리고 있었다.

"명규야, 네가 멧돼지를 유인하는 바람에 우리 모두가 무사할 수 있었구나. 하지만……."

할아버지가 전봇대 뒤에서 할머니 손을 잡고 나오며 말했다. 명규가 할아버지 말끝을 낚아챘다. 감나무는 약해서 나뭇가지에 매달리면 위험하다는 걸 알지만, 굵은 가지여서 명규가 매달려도 끄떡없을 거라는 판단을 했다고 말했다. 민서가 명규에게 주먹을 내밀었다. 둘이 주먹 파이팅을 했다. 매운 고추가 도라지 밭과 사람들을 지킨 것 같다며 할아버지가 웃었다.

"멧돼지 새끼들이 고추를 먹고 깜짝 놀랐을 거야. 할머니가 던져 준 생수라도 가져갈 것이지. 허허허."

지난해 상추밭을 망가뜨린 범인이 멧돼지라는 걸 알았을 때, 멧돼지도 새끼들 키운다고 애를 먹는다고 했던 할머니를 생각했다. 멧돼지 먹을 상추까지 농사 지어 놓았으니 큰 손해를 본 것도 아니라고 하면서. 멧돼지 덕분에 산에서 뱀을 만나는 일은 없지 않느냐고.
새끼들 때문에 멧돼지가 공격을 포기하고 돌아갔을 것이라고 할아버지가 말했다.

"세상의 부모는 자식을 지키는 데는 모두가 선수니까. 자식이 아프다니까 망설임 없이 달려가는 멧돼지 봤지?"

멧돼지가 도심으로 내려오는 건 사람들이 멧돼지 먹이를 다 주워가거나 산책길을 만든다고 서식지를 파괴하는 바람에 먹을 게 없어서라는 둥, 사람과 동물, 자연이 공존할 수 있는 지혜가 필요하다는 둥 그런 얘기를 주고받고 있을 때 멧돼지가 고추를 다 먹은 거 아니냐며 할머니가 분노를 터뜨렸다.

도라지 수확은 뒤로 미루어졌다.

"저기, 멧돼지다!"

모두 긴장한 채 주변을 살폈다. 민서는 달릴 자세를 취했다가 팔을 풀고 뒷걸음을 치면서 두리번거렸다. 명규가 웃으며 달려 내려갔다. "야, 명규."라고 소리치며 민서도 달려 내려갔다.

"봐라, 민서가 금방 멧돼지 대처 요령을 배웠잖니."

할아버지가 웃었다.

명지가 출력물을 들고 주원식 아저씨에게 감사의 전화를 하던 끝에 조심스럽게 운을 뗐다.

"아저씨, 좋은 방법을 찾아주세요."

명지는 명규가 애를 쓰는 마을 연극을 홍보하고 싶었다. 마을 사람들이 연극 무대에 오르는 일이니까 마을 사람 모두가 관심을 가져야 할 것 같았다. 아마추어에게 프로페셔널한 전문성은 떨어지겠지만, 진솔하고 순수한 열정만큼은 뒤지지 않을 것이다. 그 순수한 긴장감을 포스터에 표현해 내고 싶었다. 아무도 명지에게 요구하지 않았지만, 아무도 수고에 대한 보상을 약속한 바 없지만, 명지는 포스터를 만들어야 한다는 책임감을 느꼈다.

포스터를 만들어 마을회관이며 마을 곳곳에 붙이고 싶었다. 포스터를 잘 만들 자신이 있는 것은 아니었다. 그러나 불같이 일어나는 이 소중한 감정을 모른 척하고 싶지 않았다. 포스터로 면접을 보는 건 아니니까 면접관의 성향을 걱정할 필요도 없었다.

도전!

크레파스는 외가에 있었다. 작은방 벽에는 할머니가 범벅을 끓인다며 그려놓은 호박범벅 벽화가 있었다. 늦가을엔 할아버지가 다시 도배를 할 것이다.

"명지야, 뭐가 필요하니? 사인펜, 색연필, 물감, …… 어떤 게 좋을까?"

마을회관

명규가 창의놀이문화연구소 블로그를 접속했다가 연구소 대표님의 전화번호를 찾았다. 곧 전화가 연결되었다. 마을회관에서 할머니, 할아버지와 같이 할 수 있는 놀이를 추천해 달라고 부탁했다. 연구소 대표님은 무조건 달려올 태세였다. 명규가 영상통화라도 하는 것처럼 급히 손사래를 치며 사양했다. 대표님이 추천한 놀이는 윷놀이였다. 일단 윷말판 사진을 먼저 보낸다고 했다. 윷말판을 함께 보면서 진행 방법을 설명할 거라고. 윷놀이라는 말에 아이들의 반응이 시큰둥했다. 할머니, 할아버지가 스마트폰 게임을 할 수는 없으니 싱겁기는 해도 윷놀이를 해 보긴 하겠지만.

명규가 윷말판 그림을 공유했다. 민서가 그림을 보다 말고 노트북을 켰다. 노트북 화면에 윷말판을 띄웠다.

?

윷말판에 두 종류의 고래가 그려져 있었다. 까마귀도 있고 무당벌레도 있는, 매우 독특한 윷말판이었다.

휴대폰이 울렸다. 명규에게 걸려온 연구소 대표님의 전화다.

명규가 전화를 하지 않는 것을 보니 틀림없이 어리둥절해 있을 것 같아 연락을 했다는 거다. 명규가 휴대폰의 스피커를 활성화시켜 놓았다.

"창의놀이문화연구소라는 명칭을 보고 짐작했겠지만 우리는 놀이에 관해 연구를 하고 있어요. 전통놀이인 윷놀이를 역사 문화와 연결한 거죠. 그래서 여느 윷말판과 달라졌어요. 우리 연구소에서는 역사학자도 고문으로 모시고 있답니다. 윷놀이에서 도, 개, 걸, 윷, 모가 동물을 뜻한다는 것은 모두들 알고 있을 거예요. 윷 네 가락이 엎어지거나 젖혀지는 모양, 다시 말해 끗수에 따라 한 칸에서 다섯 칸을 움직일 수 있는데, 그 끗수들이 도, 개, 걸, 윷, 모로서, 돼지, 개, 양, 소, 말이 되는 거죠. 제가 한 칸이라고 말했지만 원래는 밭이라고 해요. 윷 말판에 쨀밭과 뒷밭이라고 씌어 있죠? 윷말판 29자리는 모두 제각각 이름이 있다는 걸 보여주려는 의도예요. 많은 사람이 모여 윷놀이를 할 때 '뒷밭 쪽으로', '쨀밭은 위험해.' 하면서 윷말판에서 먼 위치에 있더라도 윷말판을 보고 말을 쓸 수 있게 하자는 뜻도 담겨 있어요."

"대표님, 고래나 무당벌레, 까마귀가 왜 윷말판에 그려져 있습니까?"

"그게 매우 궁금했을 거예요. 지금부터는 역사학자의 '코리안들이 신대륙을 발견했다'는 학설에서 일부를 살짝 빌린 윷말판 스토리가 이어집니다. 우선 흔히 북극성이라고 하는 중앙 자리의 그림은 탄소 측정 연대 3000년 전이라고 밝혀진, 알류산

열도 아막낙섬에서 발굴된 온돌 터예요. 알류산열도는 태평양과 베링해로 나누는, 약 2000킬로미터에 걸쳐 줄지어 있는 섬들을 말하죠. 그 섬들은 미국 알래스카 반도에서 러시아 캄차카 반도까지 이어져 있어요. 온돌은 한국 문화입니다. 그러면 왜 그 지역에서 3000년 전의 온돌 터가 발굴되었을까요?"

"처음 들은 내용이라 얼떨떨해요, 선생님."

"이번엔 명규 학생 목소리가 아니네요. 지금 제 얘기를 듣고 있는 사람이 한 명이 아니군요."

"예, 그렇습니다. 다섯 명입니다."

"그렇군요. 청중이 많아서 긴장이 되네요. 온돌 터는 우리의 고래 문화와 관계가 깊어요. 세계에서 가장 오래 되고 가장 많은 고래 문화를 가진 나라가 우리나라라고 할 수 있는데요. 쩔개 자리에서 분기하고 있는 고래는 귀신고래예요. 한반도 주변에 서식한 귀신고래는 태평양 동쪽 바하 캘리포니아 귀신고래와 서로 연결되지 않는 독립적인 귀신고래라 알려진 적이 있어요. 1910년대 미국의 로이 앤드류스라는 동물학자가 동해안에 와서 한반도 주변의 귀신고래를 명명하여 고래 중에서 유일하게 국명이 들어가게 되었죠. 한국계귀신고래(Korean Stock of Gray Whale)라고 학계에 알려졌어요. 새끼가 쉽게 숨을 쉬게 하려고 고래는 새끼를 등에 업고 수면 위로 올라오곤 하죠. 그래서 고래문화 윷놀이에서 윷말 업기는 귀신고래가 새끼를 등에 업은 것을 의미하고 있어요. 아래쪽에는 얼룩이 고래가 보이죠? 범고래예요. 범고래는 고래 중의 고래, 왕 중 왕이라는 별명을 갖고 있죠. 범고래보다 덩치가 훨씬 큰 귀신고래나 대왕고래도 범고래를 이길 수가 없어요. 범고래에게 공격당하면 죽게 됩니다. 날걸 밭, 즉 범고래 자리에 이르면 스스로 잡히고 말도록 룰을 정했어요."

"축구에서는 자살골이죠."

"한 마디로 아웃이라는 말씀이죠?"

"그래요, 그런 뜻이에요. 이제 거북이를 말해 볼까요? 거북이의 특징은 뭐라고 생각하나요?"

"오래 살아요."

"땅에서도 물에서도 살 수 있습니다."

"그렇죠. 뭍과 물, 양쪽 세계에 다 산다고 해서 양계동물이라고 합니다. 더 이상 갈 곳이 없기도 하지만 날밭, 그러니까 참먹이 자리에 도달하면 윷말이 날 확률이 높죠. 이중적이 아닌가요. 그래서 거북이예요. 우리는 토끼와 거북이라는 이솝 우화 때문에 느리다고만 생각하는 거북이여서 서두르지 말고 차분하게 윷놀이를 하라는 뜻도 들어 있어요."

"이제 까마귀와 무당벌레가 남았습니다."

"아주 독특한 두 동물이 남았군요. 까마귀 하면 떠오르는 게 뭐예요?"

"견우와 직녀. 7월 칠석 하늘다리."

"삼족오."

"까악, 울음소리."

"겨울하늘 까마귀쇼."

"까치 친구."

"좋아요. 재미있는 말이 많이 나오네요. 설화부터 현대까지 골고루 나와서 더 의미가 있어요. 그만큼 우리 생활과 밀접한 관계가 있다는 뜻이겠지요. 저는 포항에 살아요. 포항에는 연오 랑과 세오녀 설화가 있는데, 미역을 따다가 고래 등을 타고 일 본으로 건너가서 왕과 왕비가 되었다는 거예요. 신라 시대가 배 경이죠. 연오랑과 세오녀가 신라를 떠나자 해와 달이 빛을 잃게 됩니다. 일월(日月)신화지요. 자세한 것은 여러분들이 검색해 보 세요."

"고래 등이라구요? 고래 등을 탈 수 있나요?"

"물론이죠. 검색어 정보 하나 알려줄게요. 코리안신대륙 발견."

"대표님, 도대체 이게 뭡니까?"

"벌써 찾았나 보네요. 카페로 들어가면 글들이 무궁무진하게 있으니 천천히 탐구해 보도록 하고, 지금은 윷놀이로 돌아갈게요. 연오랑 세오녀도 까마귀 오(烏) 자를 쓰지요. 까마귀는 태양새, 천둥새로서 인디안 문화에도 나오는데, 고래와 같이 등장하는 새에요. 신라의 계룡과도 통하죠. 검색어가 하나 더 소개됩니다. 인디안 토템폴. 원시 신앙에서 독수리, 까마귀, 갈매기와 같은 이른바 태양새는 매우 중요한 새였어요. 윷말판에서 말이 안찌 밭에 이르면 돼지 자리, 돗밭으로 가게 되어 처음부터 시작해야 해요. 지금쯤 여러분은 제 말에 귀를 기울이기보다 인터넷 자료에 빠져 있을 것 같아요. 괜찮아요. 하나 남은 무당벌레는 짧게 말할게요. 점이 많은 무당벌레는 용왕님으로 숭상된 고래상어와 닮아서 세계적으로 신성하게 여긴 곤충이에요. 곤충 신앙이 있었던 거죠. 윷말이 사려 밭에 이르면 전후좌우를 두 밭 이내로 움직일 수 있어요. 이상 고래문화 윷놀이 설명을 마칠게요. 궁금하면 언제든 연락하세요."

"대표님, 재미있고 놀라운 스토리이긴 한데 그냥 들어서는 윷놀이하기가 어렵습니다. 헷갈릴 때마다 전화를 드리는 일도 만만치 않을 것 같습니다."

"걱정 말아요. 명규 이메일로 윷말판과 고래문화 윷놀이 규정 파일을 보내줄게요. 통화하게 되어 즐거웠어요. 청소년들이 스스로 할머니, 할아버지와 놀이 하는 모습을 상상해 보는 것도

외가체험

가슴을 벅차게 하네요."

명규가 이메일 주소를 보내자 바로 두 개의 파일이 도착했다. 명규는 주원식 아저씨에게 전달했다. 휴대폰이 울렸다. 주원식 아저씨였다. 출력은 바로 할 수 있는데, 출력물을 배달하려면 시간이 걸릴 것 같다는 내용이었다. 괜찮다고는 했지만 괜찮지 않았다.

할아버지가 가지고 오겠다면서 말을 끝내자마자 할머니 손을 잡고 현관문을 나섰다. 할아버지가 주원식 아저씨에게 다녀오는 시간이 지루할 줄 알았는데 그럴 틈이 없었다. 스마트폰 데이터가 얼마나 남았는지 걱정하지도 않았다. 민서는 노트북으로 검색 결과를 띄워 아이들 속을 시원하게 만들어 주었다. 그러고 보니 민서의 비속어 중얼거림이 없어졌다.

마을회관에 가기 전에 이 독특한 고래문화윷놀이에 익숙해져야 한다고 명지가 아이들을 일깨웠다. 우선 윷과 말도 있어야 했다. 명규는 헛간에 쌓아둔 나무로 윷가락을 만들 작정을 했다. 명지와 민서도 헛간으로 갔다. 할아버지 앞에서 명규만 아니라 명지도 공구를 다루었지만 이번에는 공구를 직접 다루는 일은 민서에게 양보했다. 학교에서는 기술 시간에도 만질 기회가 없었던 톱과 대패와 끌을 사용했다. 미술 시간에 사용했던

판화 조각칼이 아니라며 민서가 고함을 질러댔다. 명지는 송이, 윤아와 함께 윷말로 사용할 거리를 찾아다녔다. 찾고 만드느라 꽤 많은 시간이 걸렸지만, 한 가지 알게 된 사실은 찾아보니 주변에 놀잇감이 널려 있다는 것이었다.

"언니, 윷보다 모가 더 큰 끗수인데, 왜 모놀이라고 하지 않고 윷놀이라고 하는 거지?"

그러고 보니 윷놀이라고 한 게 이상하다. 윷놀이 이름에 의문을 던진 윤아 표정이 여유롭다. 몰라서 묻는 게 아닌 모양인데 당장 말해줄 것 같지도 않다.

자동차 소리가 들렸다. 아이들이 우르르 달려가자 할아버지가 여러 장의 출력물을 내놓았다.

아이들이 저마다 무얼 했는지 떠들썩할 때 할아버지가 빙그레 웃으며 윷가락과 윷말을 내놓았다. 괜히 윷놀이 준비한다고 바쁘기만 했다는 억울한 표정으로 아이들이 또 와글거렸다. 민서가 원래 체험 결과물은 집으로 가져갈 수 있다면서 손수 만든 윷가락을 가방에 챙겨 넣었다.

"우리 망구……할머니가 좋아하겠네."

할아버지가 만들어놓은 윷가락은 아까시나무를 사용했다. 크기가 대, 중, 소로 나뉘어 있어 편리했다. 아까시나무에 가운뎃줄이 있다는 것도 처음 안 사실이다. 윷가락은 그해 새로 나와서 곧은 아까시 나뭇가지여야 한다는 것과 나무가 말라 있는 겨울에 윷가락을 만들어야 한다는 사실과 함께.

할아버지, 할머니와 다섯 명의 청소년. 윷놀이를 하려면 편짜기 묘수를 부려야 했다. 윷놀이의 매력은 사람 수에 크게 제약을 받지 않는 편짜기에도 있었다.

윷놀이가 시작되었다.

기본 윷말판에 덧붙인 고래문화 규정 덕분에 반전에 반전이 일어났다. 응원으로 열기가 가득해졌다. 특히 쨀밭부터 날도나 날개 밭에 마지막 윷말이 놓여 있을 때가 가장 극적이었다. 범고래에게 잡아먹힐 수도 있는 위험한 날걸을 지나갈 수밖에 없는 절박함은 모든 사람을 긴장하게 만들었다.

뭔가 대단한 물품을 걸어놓고 내기를 하는 것도 아니었는데, 윷놀이에 흠뻑 빠졌다. 거북이가 그려진 참먹이 자리에서 뒷도가 나왔을 때, 돗밭으로 가지 않을 수 없는 상황이 일어나기도 했는데, 그런 상황이 상대편일 때 마구마구 축하해 주는 맛도 빼놓을 수 없는 재미였다. 다 끝났다 싶은데 다시 윷말업기 자리, 찔개 밭으로 후퇴하는 건 흔한 일이어서 일일이 반응하기도 성가셨다.

엄마가 새참을 내놓아 윷놀이의 열기를 식혔다. 왁자지껄한 분위기 속에서 아슬아슬했던 무용담을 널어놓았다. 윷이나 모와 같은 사리가 나왔을 때는 내 편, 네 편 가릴 것 없이 함성이 터져서 엄마도 달려와 축하를 했다. 명지든 영실이든 관계가 없었고, 용수와 명규가 섞이더라도 문제가 될 게 없었다. 할머니가 온전한지 안 한지는 윷놀이에 아무런 영향을 미치지 않았다. 윷놀이를 하는 동안 온전하지 않은 할머니를 의식하지 않았다. 며칠 만에 처음이었다. 놀이의 매력을 듬뿍 맛보는 순간이다.

"누나, 여기 봐."
"뭔데?"
"뭐야?"
"코리안신대륙발견&윷놀이를 검색어로 했더니 굉장한 글이 나왔어."
"뭔데?"
"뭐야?"
"비밀!"

명규가 해야 할 대답을 윤아가 한다. 윤아가 스마트폰 검색을 해 보라고 꼬드기는 것만 같다.

"명지야, 너희들 마을회관에 다녀온다고 하지 않았니?"

엄마가 주의를 환기시켰다. 아이들이 일어서니까 할머니가 같이 가겠다고 일어섰다. 할아버지가 할머니를 홀로 가게 하겠는가. 할머니도 송이처럼 얼굴이 발그레해져 있었다. 윷놀이 도구를 가지고 집을 나섰다. 명지와 송이가 쑥덕였다. 실랑이를 벌인 끝에 송이와 윤아는 마을회관이 아니라 아랫집으로 들어갔다. 놀아 달라는 송이와 윤아의 목소리가 담을 넘어왔다.

마을회관에서도 놀아 달라는 소리를 했다. 마을회관의 할머니들은 아이들과 놀 수 있으리라고 생각하지 않았다. 스마트폰 게임이라 지레짐작한 것이다. 마을회관의 할머니, 할아버지는 갑자기 몰려간 아이들이 이 더운 날에 느닷없이 윷놀이를 하자는 바람에 얼떨떨한 표정이었다. 인터뷰를 경험한 아이들은 스스럼없이 할머니, 할아버지와 대화를 나누었다. 서로 몰랐던 관계라든지, 한 번도 대화한 적이 없다든지 하는 것은 전혀 장벽이 되지 않았다. 백문이 불여일견이고, '백견(百見)이 불여일행(不如一行)'이었다.

어느 할머니가 윷놀이는 내기를 거는 것부터라고 하자, 순식간에 아이스크림 내기로 정해졌다. 집에서 하던 윷놀이와 마을회관 윷놀이는 또 달랐다. 할머니, 할아버지가 윷을 던지는 방법도 예술이었고, 윷말 쓰기에서 보여주는 윷놀이 고수들의 전술은 마술이었다. 아이스크림이 걸려 있는 윷놀이는 할머니, 할아버지의 열정을 가슴 밑바닥으로부터 끌어올렸고, 평소에 쌓은 친분이 승부 앞에서 여지없이 무너지게 만들었고, 주머니에서 한 푼이 나오느냐 마느냐가 삶의 핵심으로 떠올랐다. 아이스크림 내기였기 때문에 윷놀이에 그리도 열을 올렸는데, 정작 아이스크림을 산 사람은 윷놀이가 막바지에 다다랐을 때 마을회관을 찾은 이장님이었다.

할머니, 할아버지들도 아이스크림이 이렇게 맛있을 줄 몰랐다고 입을 모았다. 평소에는 너무 차서 싫어했다는 할머니도 예외가 아니었다. 아이스크림을 먹으면서 명규가 연극 얘기를 끄집어냈다.

"연극? 우리는 그런 거 해 본 적이 없어. 그런 건 배우들이 하는 거 아냐?"

"만담은 장소팔, 고춘자가 잘했지. 우리는 웃기는 재주가 없어서 못해."

외가체험

연극 얘기를 하는데 갑자기 만담이 나왔다. 만담을 검색했다. 만담은 아니었다.

"기태, 젊은 자네가 설명 좀 해 보게."

마을회관에 오니 할아버지는 젊은이다.

"예, 어르신. 연극이 만담과 비슷하긴 한데 연극은 꼭 웃기지 않아도 될 겁니다. 여러 구경꾼 앞에서 사람 살아가는 얘기를 들려주면 된다고 알고 있습니다. 자신이 살아온 얘기가 아니어도 자신이 살았던 것처럼 말하고 행동하는 거랍니다."

살아온 얘기라야 다 비슷한데 굳이 연극이란 걸 해서 보여줄 필요가 있느냐는 의문이 일었다.

"어르신, 살아온 얘기를 말하는 무대가 따로 있고, 듣고 보는 사람이 따로 있으면 느낌이 많이 달라진다고 합니다. 연속극을 보면서 우는 여자들이 많지 않습니까. 그러니까 연극은 연속극 같은 겁니다. 연속극은 배우들을 텔레비전으로 보게 되지만, 연극은 무대에서 말하는 사람들을 직접 볼 수 있습니다."

"연극이라는 말을 들어는 보았네만, 배운 적도 없는 우리가 할 수 있겠는가?"

"갑자기 노인회 회원들이 연극배우가 될 수는 없겠지만, 배우들 흉내를 내 보는 거지요. 아이들이 노인들과 친해 보려고 연극을 하자니까, 참여하고 구경하면 되지 않겠습니까?"

마을회관의 할머니, 할아버지들이 하자니 말자니 의견을 주고받으면서 갑자기 마을회관이 소란스러워졌다. 아이들은 몹시 당황했다. 마을회관 연극은 장소를 빌리고자 끄집어냈을 뿐인데, 소란의 중심에는 직접 연극에 참여할 것인가 여부가 들끓더니 참가하는 걸로 가닥이 잡혔다. 고맙다는 인사가 절로 나왔다. 얼떨결에 고맙다고 하고 나서 아차 싶었다. 마을 인터뷰도 없던 일이 되어 버렸는데, 마을회관의 할머니, 할아버지가 출연하는 연극을 준비하게 될 줄이야. 빠지겠다는 사람을 제외한 모든 할머니, 할아버지의 이름을 입력했다.

마을회관을 떠나려고 윷놀이 도구를 정리하고 있을 때다. 느닷없이 국수 상이 주방에서 거실로 배달되었다. 국수 다섯 그릇이 놓여 있었다. 열무국수다.

뭐라도 먹여서 보내야 한다는 어느 할머니의 말이 떨어지기 무섭게 할아버지가 고맙다며 국수 상 앞으로 바싹 다가앉았

다. 아이들도 국수를 무척 좋아한다면서. 할아버지는 할머니에
게도 국수 먹고 가자며 다정하게 말했다. 할아버지는 아이들에
겐 어떻게 하자는 말도 하지 않고 할머니와 국수를 먹기 시작했
다. 방금 아이들이 국수를 좋아한다고 마을회관에 알려진 참이
라 국수를 먹지 않을 수가 없었다.

국수가 시원했다. 가끔 먹어보았던 냉면과 다른 여름 국수
다. 썩 내켜하지 않는 민서를 보며 불안해졌다. 그런데 민서가
그 누구보다 빨리 국수를 뚝딱 해치웠다. 보고 있던 어느 할머
니가 민서의 의사는 물어보지도 않고 민서 국수 그릇에 삶은
국수 한 사리를 더 올려놓았다.

"아이씨, 너무 맛있잖아, 이거."

민서가 맛난 표정으로 후딱 먹어치웠다. 할머니들이 냉장
고에 육수가 많다면서 모두에게 국수를 더 줄 작정을 했다.
야단났다. 집에서 저녁을 준비했을 거라며 할아버지가 말
리지 않았더라면 국수를 아주 잘 먹은 민서는 꼼짝없이 또 한
그릇을 먹게 될 뻔했다. 이렇게 잘 먹어 주어 고맙다고, 빈속으
로 보내면 어쩌나 싶었는데 참 잘 되었다고 할머니들이 흐뭇해
했다.

마을회관에서 돌아오는 길에 명규가 민서 걱정을 했다. 민서는 태어나서 국수를 제일 많이 먹은 날이라고 고백했다. 마을회관에서 민서가 무척 어른스러웠다고 할아버지가 민서를 칭찬했다. 민서가 국수를 즐기지 않는다고 생각한 건 명지만이 아니었다. 집에서는 국수를 먹지 않는다는 민서는 권하는 할머니 표정을 보고서는 국수를 먹지 않을 수가 없었다고 했다. 국수를 먹은 것은 분명한데 평소에 싫어하는 국수여서 괴로웠던 게 아니고 뭔가 대단한 일을 한 것처럼 뿌듯한 느낌이 일어나는 이유를 모르겠다는 민서다.

명규가 어떤 방식으로 연극을 만들지 의견을 내면서 국수에서 연극으로 화제가 바뀌었다. 맞다, 연극. 진복 할아버지와 옥자 할머니, 경연 할머니와 의논할 일이 생길 것 같다.

할머니는 할아버지와 아이들 무리를 누비며 앞서거니 뒤서거니 발걸음을 가볍게 내딛었다.

할아버지는 혼잣말을 했다.

"독백이란 말이 있긴 한데, 내가 나를 연기하다니⋯⋯."

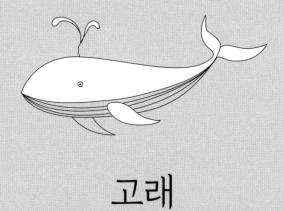

고래

포스터 작업에 깊이 몰입했던 것 같다.

이른 아침부터 명지가 포스터 작업을 하여 퍽 여러 장을 완성했을 때 송이와 윤아가 일어났다. 완성품을 보고 짱이라며 윤아가 호들갑을 떨어대는 바람에 남자애들은 물론 엄마까지 달려와서 두리반을 펴놓고 작업 중인 명지를 에워쌌다.

새벽에는 마음을 먹어서였는지 동요 반달 노랫소리를 들을 수 있었다. 현관문이 열리는, 할아버지가 새벽을 여는 소리였다. 할아버지가 일력을 찢는 소리가 났다. 아이들을 깨울까 염려하는 할머니의 낮은 목소리가 들렸다. 엄마 목소리가 섞였다. 아침밥은 간단하게 준비하라는 할머니 목소리. 이내 할아버지와 할머니는 산책을 나갈 준비를 하는 것 같았는데, 엄마가 할아버지, 할머니에게 너무 무리하지 말라고 하는 것으로 보아 산책만 하는 건 아닌 모양이었다. 엄마는 주방으로 들어갔다.

이런저런 소리를 들으며 자리에서 일어났다. 송이와 윤아는 깊이 잠들어 있었다. 그때부터 포스터를 그리기 시작했으니 꽤 오랜 시간이 지났다.

송이가 명지의 작품을 마을 곳곳에 붙이는 건 자신이 맡겠다고 나섰다. 훗날 국선특선화가가 되면 이 공을 꼭 기억해야 한다는 너스레를 떨며 송이가 엄지를 척 세웠다. 마을회관과 마을에 붙이기 전에 송이가 건넌방과 작은방에 명지가 만든 포스

터를 붙여놓았다. 연극에서 소극장 공연이 있듯이 작은방 갤러
리가 되었다.

이명지 작품 전시회.

이건 엄마가 벽에 붙인 전시회 이름이다. 윤아는 명지에게
특별 포스터를 주문했다. 아랫집 규호 할아버지 방에 붙이고 싶
다고. 특별 주문이라는 말에 놀라긴 했지만 욕심이 생겼다. 송
이가 이명지 화백님 어쩌고 하는 바람에 사명감도 생겼다. 명지
의 가슴에 할머니의 음식 철학이 새겨진 것도 힘이 되었다.

음식은 재료만으로 만드는 게 아니야. 그 사람의 마음
에 세월이 녹아들어 되는 거지. 그 속에는 땀도 들어있고,
눈물도 들어있어. 꿈이며 한숨인들 빠졌겠니. 당연히 같
을 수가 없지. 모든 사람에겐 저마다의 소중한 삶이 있으
니까.

명지는 악이 할머니와 규호 할아버지만의 연극 포스터를
그렸다. 엄마가 연극 포스터에서 오랜 시간 눈을 떼지 못했다.

명지가 작은방 갤러리에서 자신의 그림을 감상하고 있을
때 엄마가 들어왔다.

외가체험

"이명지 화백, 촬영을 해도 되나요?"

"엄마까지 왜 그래."

명지는 진심으로 부끄러웠다. 엄마 표정도 장난스럽지 않아서 그게 오히려 명지를 당황스럽게 했다. 엄마가 명지를 꼭 안았다. 도대체 무슨 일인지 갈피를 잡을 수가 없었다. 촉촉하게 젖은 엄마 목소리가 귓전을 울렸다.

오후에 송이가 마을을 다니면서 포스터를 붙일 때 엄마가 동행했다. 혼자 할 수 있다고 송이가 아무리 사양해도 엄마는 풀과 도배용 붓과 포스터를 담은 박스를 자전거에 싣고 다니며 끝까지 송이와 함께 포스터를 붙였다고 송이가 전해 주었다.

다음 주부터는 출근이겠지만 이번 주는 휴가를 즐기는 중이라면서 진복 할아버지의 차를 타고 옥자 할머니와 경연 할머니가 등장했다.

뒷산에 올랐다. 사람들이 미리 떠들썩하면 멧돼지가 소리를 듣고 경계할 거라는 할아버지의 말은 멧돼지가 나타나지 않을 거라고 선언한 것과 같은 효과를 냈다. 소풍객이 많긴 했다. 명지, 송이, 윤아, 명규, 민서. 엄마, 할머니, 옥자 할머니, 경연 할머니, 할아버지들은 빠졌다. 안전할 것이라는 확신이 없고서야 할아버지가 빠질 리 없음에도 저 밑바닥에서 불안감이 스멀거렸다. 할머니도 온전하지 않았다.

그런 불안감도 잠깐이었다. 경사가 급하지 않은 눈앞에 펼쳐진 잔디밭은 그대로 평안이고 평화였다. 어느 글에서 읽었다면서 명규가 그랬었다, 뒹굴고 싶도록 정겨운 산. 그랬다. 빌딩숲이 아닌 외가 주변을 바라보면 평안이니 평화니 하는 말이 절로 입에 맴돌았다. 가장 멋진 말이 자연스럽다라 했던가. 외가라는 말을 떠올릴 때와 묘하게도 닮았다. 외가 건물 뒤쪽 산기슭은 대나무가 숲을 이루고 있다. 외가를 에워싼 대숲이 외부로부터 오는 거친 바람을 막아줄 것 같다. 할아버지, 할머니가 굳이 이렇게 자연을 자연으로 대할 수 있는 외가에서 온전하지 않은 할머니를 만나게 한 것도 송이 말처럼 분명 뜻이 있어서였을 거다.

명규가 손나팔을 만들어 소리쳤다. 관계 놀이를 하잔다. 그냥 노는 거니까 구경하고 참여하면 된다나. 명규가 창의놀이문화연구소 블로그를 만나고는 뭐든지 놀이와 연결하고 있다. 공감과 소통이 기본이라면서. 하긴 고래문화윷놀이는 새로운 경험이었음을 인정한다.

할머니는 그대로 있고, 옥자 할머니, 경연 할머니가 나란히

섰다. 명규가 말했다.

"친구."

옥자 할머니, 경연 할머니가 명규를 따라서 외쳤다.

"친구."

명규는 두 할머니를 쉬게 하고 할머니 옆에 엄마를 세웠다. 할머니와 엄마를 번갈아 가리키며 명규가 말했다.

"엄마, 딸."

엄마가 할머니와 자신을 가리키며 낮은 소리로 말했다.

"엄마, 딸."

친구를 말할 때처럼 되풀이했다. 명규가 명지를 바라보았다. 명지는 명규가 뭘 할 건지 정확하게 알았다. 명지가 엄마 옆에 섰다. 엄마도 더 이상 설명이 필요하지 않았다. 엄마는 할머니와 자신을 가리켜 '엄마, 딸'을 말했고, 자신과 명지를 가리켜 '엄마, 딸'을 했다. 엄마가 충분히 되풀이했다 싶을 때 이번에는 명지가 나섰다.

"외할머니, 엄마, 딸."

명지가 되풀이하고 있을 때 송이가 나서서 명지 옆에 서서 "친구."라고 하자, 송이를 물러서게 하고 윤아가 명지 옆에 서서 "언니, 동생."이라고 말했다. 민서가 명규 옆에서 "친구."라고, 옥자 할머니가 할머니, 경연 할머니와 팔짱을 끼면서 "친구."라고, 송이가 명지와 팔짱을 끼면서 "친구."라고 말했다. 다시, 또 다시 ……

놀이가 계속되었다. 대중교통을 이용할 때처럼 시계를 보면서 배차 간격을 따질 일도 없어 느긋했다. 시간만 넉넉한 게 아니라 공간도 여유롭다. 모든 소음 공해에서 벗어난 뒷산이다. 사람들의 소리가 만든 아카펠라를 머금은 풀이며 나무가 어우러진 뒷산이다.

상당한 시간이 흘렀다. 할머니가 스스로 친구, 엄마와 딸임을 인지했다. 할머니가 옥자 할머니와 경연 할머니는 명지와 송이, 명규와 민서와 나이 차이가 난다는 사실도 인지했다. 할머니는 엄마가 엄마이기도 하고, 딸이기도 하다는 것을 알아챘다.
할머니가 엄마를 뒤로 물러나게 하고 할머니 본인과 명지를 가
리켰다.

"엄마와 딸, 아니야."

할머니가 고개를 갸웃 했다. 할머니가 엄마와 명지를 번갈
아 바라보았다.
명지가 할머니에게 속삭였다.

"할머니와 손녀."

윤아가 다가갔다. 윤아가 할머니에게 말했다.

"할머니와 손녀."

명규가 엄마 어깨에 팔을 두르고 할머니 앞으로 나섰다.

"할머니와 손자. 엄마와 아들."
"명지 언니와 나와의 관계도 할머니가 아시면 얼마나 좋

을까."

그래서 나온 말이 할머니와 손녀였고, 외할머니와 외손자
였다. 엄마가 지금부터 명확하게 호칭을 사용하라고 지시했다.
명지들은 외할머니라고, 윤아는 할머니라고 구분하기로 했다.
적어도 외할머니를 상옥이라고 부르지는 않아도 되었다. 명지
와 명규가 영실이나 용수가 되지 않아도 좋았다.
    외할머니의 관계 파악 학습을 놀이로 마치고, 상쾌하고 가
벼운 발걸음으로 뒷산을 내려왔다.
    헛간 그늘에서는 두 할아버지가 땀을 흘리며 나무 벤치를
만들고 있었다.
    옥자 할머니와 경연 할머니가 할아버지들을 가리켰다.

"상옥이 남편 기태. 옥자 남편, 진복,"

외할머니가 따라 했다.
명규가 한 걸음 다가가 마주보고 섰다.

"외할아버지, 외할머니, 외손자."

외가체험

엄마가 명규 옆에 섰다.

"엄마, 아들."

진복 할아버지가 옥자 할머니와 경연 할머니를 손짓으로 부르더니 엄마와 명규를 한 걸음 물러서게 했다. 다섯 명 모두를 한 명씩 가리켰다.

"친구."

다섯 명의 친구들이 각각, 혹은 모두 '친구'를 되뇌었다. 외할머니가 웃었다. 깔깔거리는 소녀 웃음이 아니고 수줍은 새색시 미소였다. 외할머니의 미소 짓는 이런 모습에 너무도 익숙해져 있었다. 반가운 마음에 할머니 품속으로 달려들고 싶은 걸 억지로 참았다. 명지가 생각을 고쳐먹으려고 벤치를 만들고 있는 할아버지들을 보았다. 진복 할아버지는 나무로 벤치를 만드는 일이 상당히 마음에 들었나 보다. 외할아버지도 이렇게 못질을 하는 게 참으로 오랜만이라고 흐뭇해했다.
할아버지들이 만든 나무 벤치가 완성되자 명규와 민서가 벤치를 그늘로 옮겼다. 엄마가 시원한 물을 밖으로 내왔다. 옥자 할머니가 나른한 목소리로 진복 할아버지의 고향이 동해안 바닷가라고 말했다. 동해안 바닷가라는 말을 기다리기라도 한 것처럼 진복 할아버지가 아이들에게 물었다.

"얘들아, 너희들은 고래를 본 적이 있냐? 난 어렸을 때 해변에 좌초되어 마지막 숨을 거두는 고래를 본 적이 있었다."
"고래요? 할아버지, 고래를 진짜 보셨어요?"

민서가 다그치듯 물었다.

"고래가 해변에 와서 죽을 때는 그 해변이 자기 고향일까요, 외가일까요?"

진복 할아버지가 민서 물음에 대답도 하기 전에 진지한 표정으로 명규가 질문했다. 명규가 끼어들기를 했는데 민서가 명규 뒤통수를 치지 않는다.

"명규가 외가에 와 있으니 그런 말을 하는 게로구나. 흥미로운 말이다. 생각해 보자. 50여 년 전만 해도 귀신고래가 매년 베링해에서 동해안으로 왔었는데 고래가 오는 포구마다 고래가 고향으로 돌아온다고 여겼을 것 같아. 고향이 곧 외가이기도 할 걸. 아마도 가끔 남쪽나라에서 한반도 연해로 올라오는 고래상어는 한반도 바다가 외가가 될지도 모르겠구나."

안방에서 보았던 소설 반구대 고래길이 떠올랐다가 진복 할아버지의 목소리에 파묻혀버렸다. 진복 할아버지가 민서의 질문에 대답을 하기 시작했다.

집채만 한 바위라는 말들을 하지만 고래는 집채보다 컸다. 어찌어찌하여 고래의 입을 벌렸을 때 사람들이 입속으로 서서 걸어 들어갔다는 말도 있지만, 과학적으로는 어려운 일이다. 고래상어라면 입 안에 잠시 들어갈 수 있긴 하겠다. 성경에 요나가 고래 뱃속에서 3일간 있었다는 이야기가 있다지만 가능한 것인지 모르겠다. 하지만 고래 등을 올라탔다는 연오랑 세오녀 이야기는 흥미로웠다.

그즈음에서 옥자 할머니가 진복 할아버지 고향이 포항이라 했다.

진복 할아버지는 가능, 불가능과 상관없이 고래 등을 타고 바다를 누비고, 고래 입속으로 걸어가는 꿈을 꾸곤 했다. 바다에서 유유히 헤엄치는 고래를 보고 싶어 뱃일을 했다 해도 과장이 아니었다. 폭풍우가 몰아치던 날 옥자 할머니가 애원하지 않았더라면 여전히 바다를 누비며 고래를 기다렸을 것이다. 옥자 할머니를 위해서 바다를 가슴 깊숙이 묻었다. 그렇게 하고도 바다를 떨칠 수 없어 아예 내륙으로 이사를 와 버렸다. 지금은 바다를 가끔 찾는 관광객이 되어 버렸지만 고래를 보았다는 뉴스라도 보게 되면 기어코 바다로 가서 배를 타게 된다. 뱃사람으로서가 아니면 어떤가, 고래가 숨 쉬고 있을 그 바다에 함께 있는데.

고래를 보겠다는 생각으로 고래와 관련된 얘기들을 많이도 모았다. 관심을 가져서 그런지 신기하고 다양한 고래 얘기는 때와 장소를 가리지 않고 찾아들었다. 거창한 기와집을 보아도 '고래 등 같은 기와집'이요, 고함을 쳐도 '고래고래 고함'이요, 술판을 벌이며 풍어와 만선을 기뻐할 때도 '술고래'요, 따뜻한 방에 누워서도 '구들고래'였다. 튼튼한 밧줄을 보면 어김없이 '고래심줄'이 생각났다. 고래 생각으로 수많은 시간을 보내며, 고래를 그리워했다.

동해안 일대는 물고기를 바라보는 관어대나 바다를 바라보는 망양정이나 망해산, 고래산이라는 명칭이 퍽 많다. 바닷가 낮은 봉우리나 큰 바위에 그런 명칭이 붙어 있기 쉽다. 그런 거리에서 물고기를 보는 것은 불가능하지만, 그보다 더 먼 거리에서도 고래는 볼 수 있다. 그런 명칭이 모두 고래를 보던 흔적이 아니겠는가.

외가체험

"영감님, 제가 반구대 고래길이라는 소설을 읽은 적이 있어요."

차분하게 그 말을 한 사람은 외할머니였다. 외할머니에게 시선이 집중되었다.

"이실이가 사 준 책이에요. 금시초문의 고향 얘기가 있어서 무척 신기하다면서요."
"여보, 지금도 그 책이 안방에 있어요. 당신이 그 책을 자주 찾거든요."

외할아버지는 외할머니가 기태를 찾을 때나 이실이를 찾을 때나 목소리에 변화가 없었다.
'저도 그 책이 있다는 거 알아요, 외할머니.'
명지는 속으로만 말하고 있었다. 명지가 외할머니 품속으로 달려가고 싶었던 바로 그때 외할머니가 온전한 모습으로 돌아온 게 아니었을까. 가슴이 마구 뛰기 시작했다.

"그 책에 '상주에 있는 신라 사찰인 남장사의 기경상천도(騎鯨上天圖)'라는 그림 이야기도 실려 있어요."

외할머니가 기경상천도를 설명하기 시작했다. 고래를 타는 그림인데, 우리나라에서는 이곳에서만 확인되는 그림이었다. 고래를 타는 그림이라니. 명규와 민서는 스마트폰 검색에 들어 갔다.

외할머니의 고래 얘기는 계속 되었다. 울산의 반구대 암각화며, 옛 사람들이 고래를 어떻게 생각했으며, 멀고 먼 나라에서 직접 고래를 보았던 주인공 이야기며…….

외할머니의 책 얘기는 오래오래 이어졌다. 코리안 신대륙 발견이며, 알류샨열도 아막낙 섬이며, 귀신고래며 범고래, 멕시코 바하 캘리포니아반도의 고래가 많이 머무는 해변인 산이그나시오…….

외할머니 얘기를 들으면서 어디서 들었다는 느낌이 들기 시작했다. 아이들이 너도 나도 그런 느낌을 말했을 때 고래문화윷놀이를 생각해낸 것은 명지였고 남장사로 기경상천도를 보러 가자고 한 건 윤아였다.

갑자기 점심을 먹고 남장사로 소풍을 가기로 했다. 여름날 햇볕이 쨍쨍한 오후에.

"뱃사람들에겐 바다가 외가야. 바다는 외갓들이고 외가산 천일 테지."

외가체험

점심을 먹으러 집 안으로 들어가면서 진복 할아버지가 말
했다. 신라 시조 알영부인이며 고려 시조 왕건의 할머니처럼 용
궁에서 시집 온 여신 이야기들을 보면 바다가 외가가 아닐 수
없다고 강조했다. 바다 사나이였던 진복 할아버지가 바다 이야
기로 신명이 났다.

"어디 바다뿐이겠는가. 단군신화만 해도 단군의 어머니는
곰이니 단군의 외가는 자연일걸세. 자연과 인간사회는 사돈지
간이네그려. 사람들이 산골 자연을 즐겨 찾는 것이 다 이유가
있는 것 아니겠나. 외가를 찾아가는 기분이 들게 하는 셈이니
말일세."

외할아버지가 진복 할아버지 말에 맞장구를 쳤다.
옥자 할머니와 진복 할아버지는 점심을 들고 나서 돌아가
고 경연 할머니와 명규, 송이도 엄마와 같이 집에서 쉬는 쪽을
선택하는 바람에, 외할아버지, 외할머니, 명지, 윤아, 민서가 남
장사로 향했다.
남장사 계곡에는 더위를 피해 물놀이를 하는 사람들이 꽤
있었다. 물놀이를 위한 시원한 계곡행이 아니라 극락보전으로
향하는데도 외할머니는 발걸음이 시원하고 가벼웠다. 정말 있

었다. 극락보전 서쪽 불벽(佛壁)에 이백기경상천이라는 문구와 함께 물고기를 탄 사람이 보였고, 동쪽에도 거북이를 탄 사람과 고삐까지 맨 고래 등에 올라탄 사람이 그려져 있었다.

"외할머니, 이 절의 역사가 신라 때부터 시작되었다 해도 저 그림들이 신라 때부터 있었을까요?"

"절은 창건 이래로 여러 번 고쳐지었을 거다만, 벽화는 이전의 모습을 그대로 전하려고 노력했을 것 같아. 그림의 의미가 무엇이냐가 화공들에겐 큰 의미가 없었을지도 모르지만, 앞사람들이 했던 그대로 살리려고 애를 쓰지 않았을까. 요즘도 복원이라는 말이 자주 들리지 않니."

"소 등에 올라탄 그림은 자주 봤지만 고래 등에 올라탄 그림은 이곳에서 처음 봐요, 할머니. 연오랑과 세오녀가 고래 등을 타고 바다를 건넜다더니 이곳 그림처럼 고삐를 맨 고래를 탔을 것 같아요. 같은 신라시대 문화잖아요."

외할머니와 손주들 사이에 이야기꽃이 피었다.

극락보전을 뒤로 하고 계곡으로 내려갔다. 물놀이를 하기 좋은 자리에는 이미 다른 사람들이 자리를 잡고 있어서 아쉬운 대로 발만 담그다 돌아가기로 했다. 민서는 스마트폰 검색에 열중하느라 계곡에 발을 담그지 않았다.

"외할머니, 제가 코리안신대륙발견 사이트에서 검색한 자료를 보면 고래를 타는 것은 로마 그리스 문화에도 있었어요. 뉴질랜드 마오리족은 자기들의 시조가 고래를 타고 왔다고 믿고 있어요. 마오리족은 죽어서 고래가 되고 싶어서 무덤에도 고래 뼈를 놓아둔대요. 베트남에는 수백 마리 고래 뼈를 모시는 사당도 있어요. 연오랑 세오녀 설화도 결국은 고래를 탔다는 얘기니 기경상천 문화는 세계적이네요."

민서도 비속어를 사용하지 않고 길게 말할 줄 알았다.

"민서야, 고래문화윷놀이 설명할 때 연오랑 세오녀 얘기가 나왔었어. 연오랑 세오녀가 고래를 타고 일본으로 가서 왕과 왕비가 되었다는 거였잖아."

민서가 명지를 툭 치며 자신의 스마트폰을 가리켰다. 민서는 재빨리 명규에게 문자를 보냈다. 이미 검색 경험이 있는 '코리안신대륙발견'을 이번에는 '기경상천'과 '&'로 연결해 검색해 보라고.

"내 생각에도 그렇다. 고래를 탄다는 얘기가 어느 날 갑자기 하늘에서 뚝 떨어진 얘기는 아닐 거다. 그런 문화가 있었으니 그런 얘기나 그림이 삼국유사 책이나 사찰 벽화에도 있는 게 아니겠느냐."

"할아버지, 국어 시간에도 배웠어요. 예술은 시대를 반영한다고요."

"그래, 윤아가 말하는 반영이라는 낱말이 적절할 것 같구나."

"외할아버지, 21세기에도 고삐를 잡고 고래를 타는 미국 동영상을 볼 수 있어요. 사람들을 잔뜩 태운 대왕고래 동영상도 있고요. 베트남 사람들이 타고 있었는데 대왕고래가 바닷속으로 잠수하지도 않았어요, 외할머니. 이것 좀 보세요."

민서가 스마트폰을 외할아버지와 외할머니 앞으로 가져갔다. 명지도 윤아도 다투어 관련 자료를 검색해 보았다.

"그 작품을 읽고 생각해 보면 불교에서 우리 고유의 민족 문화를 많이 왜곡시킨 것 같아."

엄마가 챙겨준 참외를 씹으며 외할아버지가 천천히 말했다.

"고려 오백년, 조선 오백년. 일천 년 외래종교 통치 기간 동안 고유의 우리 민족 문화가 많이 사라졌다 해도 상주 남장사에 있는 두 점의 기경상천도를 보면 우리 민족 문화 보존에 기여한 사찰의 전통 문화는 인정해야 하지 않을까요."

외할머니가 아이들을 둘러보며 차분하게 말을 이었다. 우리 민족 문화를 불교가 훼손한 것도 있었지만, 불교 외적인 민족문화를 보존한 점도 있다고. 놀랍게도 외할아버지와 외할머니가 의견이 다르다.

그때였다. 멀지 않은 곳에서 큰소리로 다투는 소리가 들렸다. 너럭바위에 음식을 잔뜩 차려놓은 남녀 중년들이 술판을 벌이고 있었다. 다투는 소리가 점점 거칠어지자 외할머니가 움찔했다.

"여보, 별일 아니에요. 두려워하지 말아요. 아무 일도 일어나지 않아요."

외할머니에게서 시선을 거두고 외할아버지가 외할머니에게 말하던 방식으로 저쪽 아저씨에게 말했다.

"부탁 좀 합시다. 내 아내가 좀 불편하오. 소리를 좀 줄이면 안 되겠소?"

"어르신, 떠들고 노는 것도 마음대로 못합니까? 여길 어르신이 전세 내셨습니까?"

"아저씨, 우리 할머니는 편찮으신 분이셔요. 우리 할머니가 놀라시니까 목소리를 좀 낮추어 주세요. 다시 부탁드려요."

저쪽 무리에서 참으라며 아저씨를 붙잡았다. 노인네들이 다 그렇지 않느냐고.

"에이 씨, 아프다잖아."

민서가 벌떡 일어났다. 명지가 민서를 잡으려 했다. 살짝 명지 손을 뿌리친다는 것이 미끄러져 버렸다. 민서가 넘어지지 않으려고 몸부림을 치다가 윤아를 붙잡는 바람에 함께 물에 빠져버렸다. 자리 잡은 곳이 바위투성이다. 민서는 팔뚝에 길게 찰과상을 입었다. 금방 핏방울이 맺혔다. 민서의 팔에 맺힌 피를 보고 얼굴이 하얗게 질려 있던 외할머니가 소리치기 시작했다.

외가체험

"기태야, 엄마한테 갈 거야. 울 엄마한테 데려다 줘."

명지가 명규에게 전화를 했다. 저쪽의 아저씨들도 조용해졌다. 무리 중에서 한 아줌마가 수건을 가지고 건너와서 민서 피를 닦아 주었다.

"미안해요. 우리는 그런 줄도 모르고. 세상에, 손자, 손녀까지……."

아주머니의 눈에는 눈물이 흥건했다.

"괜찮아요, 외할머니. 아무 일도 아니에요."

민서가 수건으로 팔을 칭칭 감았다. 적어도 피는 보이지 않았다.

온몸으로 소리치는 외할머니 어깨를 안고 외할아버지가 작은 소리로 사랑한다고 말했다. 학교 얘기, 친구들 얘기, 소풍 갔던 얘기가 이어졌다. 외할머니가 조금 진정되자 외할아버지가 웃으며 제안했다.

"상옥아. 우리 물고기 잡을래?"

외할아버지가 주변을 두리번거렸다. 민서가 얼른 젖은 자신의 운동화를 내밀었다. 외할아버지가 운동화에 작은 자갈을 담아 고기라고 외할머니에게 보여주었다. 외할머니가 고기가 아니라고 고개를 저었다. 외할머니의 영민한 판단력에 모두들 입이 마르도록 칭찬을 했다. 외할머니가 어린 소녀처럼 배시시 웃었다. 외할아버지가 눈짓을 하지 않았더라도 명지는 돌아갈 준비를 해야 하는 때라고 생각했다. 과일 먹은 흔적을 치우고 있을 때 명규가 왔다. 주원식 아저씨와 경연 할머니도 왔다. 엄마도 보였다. 명규는 민서를 보자 수건을 풀고 연고를 발랐다. 외할머니 눈에 띨까 민서가 얼른 팔을 감추었다. 빨리 딱지가 앉았으면 좋겠다.

엄마가 물에 젖은 티셔츠와 반바지를 갈아입을 수 있게 여분의 옷을 내놓았지만, 윤아도 민서도 갈아입을 생각이 없는 모양이었다. 엄마가 기경상천도를 보고 싶어 해서 자리를 털고 일어나 다시 남장사 경내로 향했다. 외할머니에게 소설을 소개한 사람이 엄마다. 엄마는 외할머니를 위해서 수십 번이라도 기경상천도 벽화를 다시 볼 거다. 엄마가 이미 보았다는 걸 짐짓 모르는 척하며 기꺼이 기경상천도를 보기 위해 계곡을 떠났다.

외할머니는 엄마 보러 간다며 좋아했다. 외할머니는 경연 할머니와 팔짱을 끼고 앞장서서 걸어갔다. 소란을 피우던 저쪽의 중년들이 정중하게 고개를 숙였다. 민서 팔에 감아 주었던 수건을 돌려받지 않던 아줌마가 손을 흔들었다.

남장사에서 돌아왔을 때도 아직 여름날 긴 해는 많이 남아 있었다. 외할머니는 경연 할머니와 벤치에 앉아서 명지가 이해하기 쉽지 않은, 학창 시절 얘기에 푹 빠져 있었다.

외할아버지는 아직 일몰증후군은 걱정하지 않아도 되겠다면서 낮이 긴 여름이 좋다고 덧붙였다. 노인들이 어두울 때 정신을 놓치곤 한다고 일몰증후군이라 한다는데, 외할머니는 어두움을 자각할 때가 가장 보살핌이 필요할 때였다. 바로 그때 외할머니에게 익숙한 사람, 기태가 외할머니와 함께 한다는 게 확인이 되면 어둠살이 끼기 시작하는 어느 하루가 되곤 했다.

연말연시가 되면 매일 해 뜨고 해 지던 자연현상이 인간의 길흉화복에 깊이 관여하는 해돋이와 해넘이가 되어 많은 사람들을 설레게 하는데, 외할아버지에겐 매일의 해넘이가 의식이 되었다.

남장사 팀이 기경상천도를 감상하고 계곡 물놀이를 하는 동안 송이와 명규는 외가에 남아 아랫집을 다녀왔다. 아랫집 규호 할아버지를 보았고, 또 연극 얘기를 들려주었다. 명지의 포스터를 제일 먼저 붙인 곳이 규호 할아버지가 누워 있는 방이다. 하루 중 대부분의 시간을 누워서 지내는 할아버지가 눈만

뜨면 볼 수 있도록 포스터를 천장에 붙였다. 또 한 장은 텔레비전 뒤로 한 자 정도 높여서 벽에 붙였다. 명지의 포스터는 대량 인쇄물이 아니고, 다품종 소량 생산품에 속했다. 규호 할아버지 표정이 눈에 띄게 밝아졌다.

그래서 생각했단다.

"간이침대를 만들면 규호 할아버지가 지금보다 쉽게 나들이를 하실 수 있을 것 같아요."

외할아버지는 명규가 건의한 간이침대를 만들기로 했다. 명규와 민서가 주먹 파이팅을 하며 의욕을 불태우자, 주원식 아저씨도 간이침대 제작에 뛰어들었다. 명규는 이미 간이침대를 만들 목재를 헛간에서 찾아내 놓았고, 필요한 공구도 챙겨 놓았다.

규호 할아버지는 뇌졸중 환자다. 흔히 풍을 맞았다고 하는 그 병. 규호 할아버지가 바깥 공기를 쐬는 데 간이침대가 역할을 해 줄 것이다. 안방 대탈출 환자용 침대 제작이다. 발바닥을 똑바로 붙일 수 있도록 발 받침대를 세웠다. 무릎 밑에 쿠션을 받칠 수 있도록 그 부분은 나무를 좀 파냈다. 명규와 민서의 인터넷 검색 결과가 환자용 간이침대 제작에 설계도 역할을 톡톡히 했다.

명지는 대패와 사포로 나무의 각지고 거친 면을 다듬었다. 사포를 들고 명지에게 다가온 송이가 아랫집 악이 할머니 얘기를 들려주었다. 뇌졸중으로 쓰러진 규호 할아버지의 병세는 악이 할머니의 지극한 간병에도 불구하고 조금씩 나빠져 갔다. 언어 장애를 겪고 있는 규호 할아버지의 마음을 읽어내는 사람은 악이 할머니밖에 없다고 했다.

손주들이 왔을 때도 그렇지 않던 규호 할아버지가 밖에서 들려온 명지와 명규의 소리에는 유독 움직이려 애를 썼다. 명지와 명규가 다녀간 뒤에는 규호 할아버지가 극도로 우울해했다. 명지와 명규가 원망스러웠다. 명지와 명규의 노랫소리에 지나치게 예민했던 악이 할머니를 이해하는 순간이었다.

친손주들이 다녀갈 때는 아무렇지 않은데 명지와 명규 소리만 들리면 평소와 달라지는 규호 할아버지의 되풀이되는 반응에 악이 할머니가 의문이 가기 시작한 것은 최근이다. 윗집의 아이들소리가 들릴 때는 뭔가를 말하고 싶은 표정이 더 간절하게 느껴졌기 때문이다. 규호 할아버지가 악이 할머니에게 지금까지 해 본 적이 없는 말을 하고 싶은 게 아닐까.

규호 할아버지는 얼굴로 대화를 한다지 않았나. 눈썹으로도 말을 한다던 규호 할아버지.

악이 할머니는 온갖 질문을 다 해 보았다. 정신을 집중해 규호 할아버지 시선을 따라 가니 그 끝에 포스터가 있었다. 포스터를 보고 나서 더 적극적으로 대화를 시도했던 규호 할아버지가 되었다는 데 악이 할머니의 생각이 미쳤다.

드디어 답을 찾았다.

규호 할아버지가 연극을 보러 가고 싶은 것이다.

오 헨리의 마지막 잎새가 규호 할아버지 방에 걸린 명지의 연극 포스터만 하겠냐며 송이가 얘기를 끝내고, 외할아버지의 침대 제작도 대강 마무리가 되었을 때 엄마가 저녁이 다 되었다고 집 안으로 들어오라고 했다. 외할머니가 경연 할머니와 호호거리며 집 안으로 들어갔다. 외할아버지와 주원식 아저씨는 어느 정도로 흡족한지 성과를 점검했다. 명규와 민서가 그 뒤를 따랐다. 거실에 들어서니 두리반은 두 개가 차려져 있었다. 누가 시키지도 않았는데 아이들과 어른들이 나누어서 한 상씩 차지했다. 오늘 저녁도 카레라이스다. 경연 할머니는 무지하게 맛있다며 외할머니와 경쟁하듯이 밥을 먹었다. 외할머니는 노란 밥이 먹기 싫다는 투정 한 마디도 없었다.

외할머니가 꾸벅꾸벅 졸기 시작하자, 엄마가 외할머니와 방으로 들어갔다. 소리에 민감한 외할머니를 의식해서 경연 할머니와 주원식 아저씨가 소리를 죽이고 집으로 돌아갔다. 외할머니가 가장 좋아하는 소리는 사람 소리였다. 신기한 것은 라디오나 텔레비전에서 나는 사람 소리는 가끔 소음이 될 때가 있다는 것이다. 어쩌다 한 번씩은 두런두런 하던 얘기 소리가 들리지 않으면 잠들었다가도 눈을 번쩍 뜬다는 외할머니다. 아랫집 할아버지가 텔레비전 프로그램이나 CD 플레이어 동요 소리와 밖에서 들리는 아이들 소리를 확실하게 구분하는 것과 맥이 통하는 말이다.

"고맙다, 얘들아."

"외할머니가 얼마나 달라졌는지를 말씀하실 때 저희들도 불러 주세요. 우리 외할머니 일이에요. 무슨 일이 일어나고 있는지도 모르고 있다가 어느 날 갑자기 낯선 외할머니를 만나게 하지 말아 주세요, 외할아버지."

명지의 말에 외할아버지가 크게 고개를 끄덕이며 약속을 했다.

"나에게 윤상옥은 오직 한 명이다. 윤상옥은 매년 11.5%씩 늘어나는 치매 환자에 포함된 사람이 아니다. 발병인 32만 명에 속하는 사람도 아니다. 그 어떤 통계에도 난 윤상옥을 포함시키지 않아. 내 인생에서 윤상옥은 처음 만난 순간부터 삶을 다할 때까지 오직 한 사람 윤상옥일 뿐이다."

외할아버지는 통계의 맹점을 말하고 있었다. 학교 축제 때 사회자가 소개하곤 했다.

누구 외 15명의 학생들이 연주해 주시겠습니다.

누구만 중요한 사람이라는 말일까. 15명 각자가 얼마나 긴장되고, 얼마나 설레고, 얼마나 자랑스러운지 진정 모른단 말인가. 아무도 모르는데도 호흡 조절을 잘못해서 4박자 동안 불어야 할 음을 3박자밖에 못 불었다고 애석해 하는 그 마음을 헤아리지 못한다는 말인가. 역사 시간에 만나곤 하는 사실들. 전사자를 말할 때 무슨무슨 장군과 병사 몇 명이 죽었다고 기록이 된다. 일장성공 만골고(一將成功萬骨枯). 할아버지에게 배운 한자성어다. 장수 한 사람의 공은 무수한 병사의 희생으로 이루어진다고 풀이된다. 그 몇 명에 속하는 사람마다 얼마나 깊은 사연들이 있는지는 기록되지 않는다.

"나는 내 현재 모습이 하루라도 더 지속되기를 바랄 뿐이다. 그 수많은 하루를 위해서 오늘을 산다."

외할머니가 온전한 모습이거나 아니거나 빠짐없이 기록된

공책을 외할아버지가 보여 주었다. 병세가 더 나빠졌다고 외할머니가 좌절하지 않기로, 외할아버지는 외할머니의 상태를 거짓으로 기록하지 않기로 약속했다는 공책이다. 명지는 외할아버지의 허락을 받아 공책을 펼쳤다. 새벽에 주방에 앉아 골똘하게 뭔가를 기록하던 외할아버지였다. 외할아버지는 틈만 나면 그렇게 공책에 뭔가를 기록하곤 했다.

공책에는 이 병을 알았을 때부터 외할아버지, 외할머니가 어떻게 살아왔는지 자세하게 기록되어 있었다. 심지어는 온전한 외할머니가 온전하지 않은 외할머니가 한 행동에 관해 행동의 원인을 추측해 놓은 기록도 있었다. 같은 행동을 하면 어찌어찌 해 보라는 제안도 해 놓았다. 온전한 외할아버지, 외할머니가 온전하지 않은 외할머니를 돌보고 있는 것 같았다.

이제야 첫날 외할아버지를 인터뷰할 때 다른 사람에게 옮겨 말하기도 힘든 베타아밀로이드니, 커큐민이니, 알파리놀렌산이니 하는 어려운 용어를 손주들 이름 부르듯이 쉽게 말하던 외할아버지를 이해했다. 외할아버지가 자주 카레라이스를 먹자고 한 것도, 집안 여기저기에 호두가 있었던 것도 이유가 있었다. 공책은 간병인과 환자가 함께 써내려간 간병일기였다.

외할머니의 상태가 안타깝고 분노가 치밀던 명지의 마음이 또 조금 누그러졌다. 왜 하필 우리 외할머니에게 이런 일이 생

겼느냐는 원망을 아무에게나 마구 쏟아내고 싶던 것이 누그러
지면서 외할머니 입장에서 외할머니를 바라본 게 아니고 자신
의 입장에서 외할머니를 생각한 게 아니냐는 반성을 했다. 외가
마을에서 가장 나이가 많은 밤골댁 할머니는 건강하기만 하다
고 부러워하는 것이 외할머니에게 무슨 도움이 되겠느냐던 외
할아버지의 초연한 모습이 떠올랐다.

외할아버지가 온전한 외할머니에게 자주 여고시절로 돌아
가는, 온전하지 않은 외할머니의 상황을 알렸을 때였다.

"내가 살아오면서 죄를 많이 저질렀나 봐요. 그러니까 이런
병에 걸렸지."

"아니에요. 당신이 열심히 살아서도, 엉망으로 살아서도 아
니에요. 같은 버스를 탔는데도 어떤 사람은 사고를 당하기도 하
잖아요. 그런 거예요. 그냥 병에 걸린 거예요. 병에 걸리면 치료
할 뿐이지, 땅을 치며 슬퍼하고 좌절하고 분개할 필요 없어요.
내가 당신 곁에 있는 게 거추장스러운 일이 아니라면, 우리, 병
과 더불어 살아봅시다."

"내가 아니라, 당신이 환자라면 좋겠어요. 당신이 나를 돌
보아야 한다고 생각하면 하늘이 무너져요. 그런 일은 내가 하고
싶어요."

"여보, 나도 당신과 같은 생각이에요. 내가 당신을 돌볼 수 있어 얼마나 다행으로 생각하는지 몰라요. 내가 병을 앓아도 당신이 나처럼 하리라는 것도 알아요. 우리가 눈물을 흘리면서 시간을 보내기엔 시간이 그리 많이 남지 않았잖아요?"

외할아버지는 매일 외할머니 모습을 기록해 두었다. 외할머니는 치매 초기 중에서도 중간 단계다. 외할아버지는 외할머니보다 하루만 더 살다 죽는 걸 소원하고 있었지만 만약의 경우를 대비하여 치밀하게 간병 계획까지 세워 두었다. 외할머니를 간병할 사람으로 악이 할머니도, 옥자 할머니와 진복 할아버지도, 경연 할머니와 주원식 아저씨도 기록되어 있었다. 외할아버지는 오늘 날짜에 간병할 사람으로 다섯 명을 추가해 두었다.

이명지, 김송이, 박윤아, 이명규, 양민서.

읽기를 마친 뒤 외할아버지에게 특별히 선정된 간병인으로서 공책을 사용해도 되겠느냐고 물었다. 외할아버지가 허락했다. 다섯 명의 간병인 이름 밑에 덧붙였다.

외할머니의 특효약은 외할아버지의 '사랑해!'

벌써 몇 번째 고친 대본 작업이 끝이 보였다. 아니 내일은 연습을 시작해야겠기에 무조건 마무리를 짓는 것이다. 마을회관에서 만난 할머니, 할아버지들은 여전히 참가한다, 안 한다를 번복하곤 했다. 명규는 외할아버지와 악이 할머니 얘기를 중심으로 누가 다시 들어오거나 빠지더라도 극의 흐름에 큰 무리가 없도록 대본을 마무리해 달라고 윤아에게 부탁했다.

깊은 밤까지 윤아가 녹취록 내용을 40분짜리 희곡으로 각색했다.

아이들 모두의 외가, 숫골마을은 오늘도 부산한 하루를 보냈다.

냇가

외가체험 5일째다.

멧돼지의 출현으로 혼비백산했어도 뒷산은 여전히 평안이
고 평화로 떠오르는 공간이다. 산이 그랬는데 오늘은 외할아버
지가 냇가로 소풍을 가자고 했다. 산천(山川)이 짝을 이루는 셈
이다.

물놀이다. 외할머니에게는 새로운 경험이 될 터라서 모두
들 긴장을 늦추지 말자고 다짐했다. 남장사에 다녀오던 날, 온
전한 모습으로 외할머니의 나들이가 시작되었지만 남장사 계곡
에서 온전하지 못한 외할머니로 바뀐 일도 경험이었다.

"아버지, 제가 점심밥을 뒷내로 가지고 갈게요."

"그래라. 재길이네 원두막이 크니 거기로 가지고 오너라.
될 수 있으면 일찍 나오는 게 어떠냐. 너도 어릴 적에 뒷내서 논
다고 밥때를 잊곤 했잖니."

엄마까지 물놀이를? 신나는 일이었다. 엄마가 외할아버지
자전거를 끌고 나왔다. 엄마가 자전거를 끄는 모습이 매우 능숙
해 보였다. 엄마가 자전거를 탄다는 얘기다. 하긴 상주는 자전
거 도시로 이름이 나 있다. 그럼에도 엄마가 자전거를 탈 수 있
다는 생각을 한 번도 해 본 적이 없었다. 점심밥을 들고 오는 게

아니고 엄마가 처음부터 물놀이에 참여할 모양이었다. 엄마가 물놀이를 이렇게 기대했을 줄이야.

"자전거는 왜? 나중에 점심밥 가지고 올 때 타야 하지 않니?"

외할아버지가 의아해 했을 때 엄마는 방그레 웃기만 했다.

뒷내가 뭐냐고 민서가 물었을 때 명규가 잽싸게 뒤편에 있는 냇가라고 답했다. 송이도 궁금했던지 명규 대답에 고개를 끄덕이면서 산 너머를 가리켰다. 뒷내요? 지금도 그렇지만 옛 사람들은 남향집을 선호했다. 보통 남쪽을 앞쪽이라 했으니, 북쪽에 있어 뒷내라고 했을 것이라는 게 외할아버지의 설명이다. 뒷내에 가기 위해 산을 넘을 필요가 없었다. 뒷내보다 역사가 짧은 뒷산은 집 뒤에 있어서 뒷산이다.

엄마가 자전거를 끌고 온 게 물놀이를 하고 싶어서인 줄 알았는데 승용차에 타고 가야 할 인원이 너무 많아서라는 것을 명규와 민서 체격이 어른이라는 엄마의 말을 듣고 알았다. 명규가 민서와 같이 자전거를 타겠다고 했을 때 윤아도 자전거를 타고 싶어 했다. 외할아버지 자전거는 짐자전거이긴 했지만 셋이 타기에는 무리다. 자전거를 타겠다는 아이가 셋이나 되자 이런저런 안이 제시되었다가 결국에는 명규 혼자 타고 가는 걸로 결론이 났다. 명규도 안전모를 착용하지 않으면 탈 수 없다고 외할 아버지가 엄하게 타일렀다. 명규가 자전거를 타고 가더라도 차 한 대로 이동할 수는 없다. 명규가 자전거를 탈 필요가 없다는 거다.

명규가 명지에게 엄마를 부탁한다고 했다. 웬 부탁? 그랬 다. 점심 배달부로서가 아니라 물놀이를 즐기는 사람으로서 엄 마와 함께 할 작정인 명규다. 기꺼이 명규의 뜻을 좇았다.

드디어 냇가 물놀이 출발 방법이 결정되었다. 냇가가 바로 집 앞에 있는 것도 아니었지만, 수십 리 떨어진 것도 아니었다. 1킬로미터가 채 되지 않아도 짐을 들고 걸어가기에는 부담이 되는 거리였다.

외할아버지의 짐자전거는 투박해 보였다. 윤아가 기어코 자전거에 앉아 보기라도 해야겠다고 나섰다. 요즘 자전거는 프 레임이니 탑튜브니 하는 명칭으로 불리는 차체가 지면과 평행 하지 않은 게 많은데 외할아버지 자전거는 지면과 평행하여 사 람이 탈 수도 있었다. 윤아는 거기에 타는 일은 처음이라면서 비스듬하게 차체에 걸터앉았다. 체격이 크지 않은 윤아는 명규 품안에 안기다시피 했다.

너무도 익숙한 광경에 코끝이 찡해졌다. 외할아버지는 보 조안장에 어린 명지를 태우고 동네를 한 바퀴 돌 때가 많았다.

누구네 손녀를 반기는 동네 사람들의 정겨운 덕담. 기대와 기원이 가득했던 그 기운은 뭔가 풀리지 않는 숙제가 생길 때마다 외가와 함께 떠올라 응원의 힘이 되곤 했다. 평소에는 까마득히 잊고 있다가 어려운 일과 마주할 때 슬며시 기억의 창고에서 끄집어내는 버릇이 가끔은 계면쩍기도 했다.

안전모까지 착용한 윤아였지만 자전거에서 내릴 수밖에 없었다. 명규가 먼저 출발했다.

따르릉 따르릉 비켜나세요. 자전거가 나갑니다, 따르르릉.

멀어지는 명규의 등 뒤로 윤아가 동요를 실어 보냈다. 남상주 나들목 부근에서 고속도로가 노래하는 동요 '자전거'다. 시선을 진행 방향으로 그대로 둔 채 명규가 한 손을 높이 흔들었다. 명규가 마지막에 하늘을 향해 주먹 파이팅을 한 이유를 명지는 아주 잘 알았다.

외할아버지가 차에 올라탔다. 외할머니와 엄마, 윤아가 막차에 올라타 차문을 닫을 때였다. 승용차 한 대가 마당으로 들어섰다. 운전석 문이 열리며 진복 할아버지가 내리고, 이어서 옥자 할머니와 경연 할머니가 내렸다.

"이번 주는 우리도 애들처럼 체험을 하기로 했네."

"번번이 고마우이, 진복이."

외가체험

모두들 언제나 진복 할아버지, 옥자 할머니, 경연 할머니를 환영하는데도 군이 휴가니 체험이니 하면서 진복 할아버지의 외가 방문 설명이 되풀이되었을 때에야 비로소 할아버지를 배려하는 진복 할아버지의 마음을 읽을 수 있었다. 진복 할아버지의 말을 단번에 이해한 할아버지였는데. 역지사지가 손바닥 뒤집듯 쉬운 것은 아니었다.

외할머니가 두 할머니를 반겨 이미 차에 올라타고 있었다. 명규에게 연락했지만 전화를 받지 않았다. 명규는 아마도 진복 할아버지 차를 보았을 것이다. 겨우 연락이 닿았을 때는 이미 명규가 냇가에 도착했을 때였다.

외할아버지는 출발을 잠시 미루고 진복 할아버지와 헛간으로 들어갔다. 두 차의 기사가 모두 내려서 출발이 또 지연되었다. 명지와 송이가 차에서 내렸더니 저쪽 차에서 윤아도 내렸다.

"언니, 어제 각색 끝냈어."

"수고했다, 윤아야."

"생색내고 싶어서가 아냐."

윤아가 손사래를 쳤다. 간밤에 각색 작업을 하고 있을 때 윤아가 작업을 하는 주방에 외할머니가 들어섰다. 순간 윤아는 깜짝 놀랐다. 화장실로 가는 야광 딱지가 주방 불빛 때문에 잘 드러나지 않는 줄 알았다. 외할머니가 검지를 입술에 대고 윤아를 진정시켰다. 외할머니는 외할아버지와 인터뷰한 내용을 읽고 싶어 했다. 윤아는 혹 외할머니가 식구들을 모두 깨울까 봐 선뜻 외할머니에게 녹취록을 보여주었다. 외할머니는 꼼짝 않고 앉아서 끝까지 다 읽었다. 그제야 윤아는 외할머니가 온전하다는 걸 알아챘다.

"언니, 할머니가 녹취록을 다 읽으시더니 아무 말씀도 않고 일어서셨어. 그런데 있잖아. 할머니가 방으로 들어가시는 뒷모습을 보는데 내 등에 식은땀이 좌악 흘렀어. 할머니가 뭔가 대단한 각오를 하시는 것처럼 느껴졌거든."

걱정하지 말라고 윤아를 안심시켰다. 그야말로 온전한 외할머니의 모습이 아닌가.
빨리 출발하고 싶어 마음이 바빠진 물놀이객들의 마음 시계로 한참이나 시간이 지난 후에 외할아버지와 진복 할아버지가 다시 나타났을 때는 각자의 손에 한 쪽 부분이 뾰족하게 다듬어진 1미터 남짓한 나무막대기와 우산이 세 개씩 들려 있었다.

외가체험

뒷내엔 금방 도착했다. 긴 준비, 짧은 도착이었다.

장마 때 불어났던 물이 다시 줄었다. 냇물은 사행천이 되어 흐르고 있었고, 물이 흐르다가 마른 땅은 일부러 힘을 써 평평하게 다듬어 놓은 놀이터가 되어 있었다. 예전보다 물이 줄고 풀숲이 상당히 넓어졌다고 엄마가 말했다. 이내 돌아가려던 엄마는 자전거를 세워두고 냇물로 들어갔다. 엄마의 발이 닿기가 무섭게 첨벙거리는 소리에 엄마의 자지러진 웃음소리가 섞였다. 엄마의 이런 웃음소리를 들은 게 언제였던가.

외할아버지는 냇물 가까운 모래밭에 먼저 기둥을 박고 기둥에다 우산을 묶었다. 외할아버지가 비치파라솔을 설치하고 있었다. 해의 기울기에 따라 우산이 만드는 그늘도 움직이게 되니까 매듭을 쉽게 찾아 다시 묶을 수 있게 해 두었다. 우산을 묶은 끈은 비닐노끈이 아니라 전선이었다. 얼마나 긴 전선인지 매듭을 크게 만들고도 넉넉하게 남았다. 비치파라솔 설치 외에 다른 목적이 있을 거라는 생각이 들 정도로 아주 긴 전선은 끝 부분에 비닐을 벗겨 두어서 여러 가닥의 구리선이 장식처럼 드러났다. 사람들이 모두 물가로 몰려가는 바람에 우산 그늘 주인은 물통이며, 간식이 되었다. 적십자가 그려진 교련복 가방도 빠지지 않았다. 갈아입을 옷도, 수건도 준비되어 있었다.

"오늘은 남학생들이 먼저 놀아보도록 하겠습니다."

진복 할아버지가 짐짓 목소리를 낮게 깔고 선언을 했다.

"먼저 물싸움부터 하세."

외할아버지가 제안을 하자 진복 할아버지가 난감해 했다. 두 할아버지가 주름잡았던 물의 규모가 달랐다. 외할아버지의 물은 냇물 정도였고, 진복 할아버지의 물은 바다였다.

외할아버지는 물살이 제법 센 곳에 자리를 잡았다. 윷놀이를 할 때처럼 편을 갈라야 했다. 외할머니는 명규에게 옷가방에서 조그만 주머니를 찾아오게 했다. 명규는 고개를 갸우뚱거렸다. 온전한 외할머니인지 아닌지 갈피를 잡기 힘들었다. 바람처럼 다녀온 명규의 손에는 십자수가 놓인 어여쁜 주머니가 들려 있었다.

외할머니가 주머니를 열어보이자 빼곡하게 들어있는 나뭇가지가 보였다. 외할머니는 나뭇가지를 뺐다 넣었다 하면서 두 개의 나뭇가지를 따로 치워 둔 다음에, 사람 숫자보다 두 개 적은 나뭇가지만 손에 들고 주머니를 내려놓았다. 외할머니는 외할아버지와 진복 할아버지를 제외한 후 한 사람씩 나뭇가지를 뽑게 했다. 돌아가면서 나뭇가지 하나씩을 집고 난 후 하나 남은 나뭇가지는 외할머니 것이 되었다. 이번에는 두 개의 나뭇가지를 잡고 외할아버지와 진복 할아버지가 하나씩 가지게 했다.

"집주(執籌), 산가지 잡기, 제비뽑기."

외할머니가 웃으며 설명했다.

"외할머니, 모두 비슷한 나뭇가지인데 어떻게 편을 갈라요?"
"나뭇가지 끝에 금이 보일 게다."

그러고 보니 명지와 윤아가 뽑은 나뭇가지에는 금이 새겨져 있는데, 명규와 송이, 민서가 뽑은 나뭇가지에는 아무런 표시가 없었다. 외할머니 손에 든 나뭇가지를 보여주며 외할머니가 말했다.

"이렇게 쐐기문자가 있는 사람, 요오요오 붙어라."

외할머니가 엄지를 세웠다. 옥자 할머니가 냉큼 외할머니 엄지를 잡으면서 엄지를 세웠다. 그 엄지를 명지가, 외할아버지가 잡았다. 네 사람의 엄지로 이어진 엄지를 윤아가 잡았다. 더이상은 쐐기문자가 없었다. 쐐기문자팀은 다섯 명이었다.

한 명이 적은 쐐기문자팀이 먼저 공격을 하게 되었다. 외할아버지는 쐐기문자팀을 모아 작전 협의 끝에, 보를 단단히 쌓아야 한다는 지상과제를 해결하기 위해서 돌과 나뭇가지를 이용하기로 했다. 모두들 자신들의 진영을 지키기 위해 몸을 사리지 않았다. 옷이 젖을까 걱정하는 사람은 아무도 없었다. 아니 모두가 수영복을 입은 것처럼 물속에서 바닥에 앉거나 무릎을 꿇거나 하는 동작에 그침이 없었다. 처음엔 물살이랄 것도 없던 냇물이 보를 쌓자 점점 힘이 실려 쌓은 돌둑이 자꾸만 무너졌다. 진복 할아버지 진영에서 엄마가 슬며시 물에서 나가는 모습이 보였다.

끝없이 무너질 것 같은 둑이 드디어 제 모양을 유지하기 시작했다. 외할아버지가 진복 할아버지를 보며 선언했다.

"공격 준비, 끄읕."
"잠깐."

진복 할아버지가 손바닥으로 멈춤 신호를 보냈다. 정정당당했다. 축구나 배구 중계방송을 시청할 때 종종 보았던 것처럼 공격팀과 수비팀이 경기할 준비가 끝나기를 서로가 기다려 주었다. 명지와 명규가 눈이 마주쳤다. 명규가 소리쳤다.

"누나, 창의놀이문화연구소 대표님이 그러셨어. 놀이의 부재가 인성의 부재라고. 잘 노는 게 공부래."

공부인지 아닌지 하는 것보다 지금은 보쌓기에 집중해야 할 때다.
이번엔 외할아버지가 외쳤다.

"공격 시작!"
"방어 시작!"

진복 할아버지가 맞받았다.
외할아버지의 신호에 맞춰 쐐기문자팀이 일제히 둑을 무너뜨렸다. 둑이 무너지자 흘러내려가는 물살이 매우 빨라졌다. 둑을 쌓기 전에 잔잔하고 느렸던 그 물이 이렇게 힘을 얻었다. 아래쪽에 있던 진복 할아버지의 보가 위태로웠다. 저런저런, 애개개, 헐 등등 온갖 소리가 춤을 췄다. 진복 할아버지의 보는 견디지 못하고 무너졌다. 승리한 팀은 승리한 팀대로 하이파이브를

하고, 패배한 팀은 또 그대로 다음 싸움을 대비하여 힘을 북돋
웠다.

외할머니가 갑자기 소리쳐 옥자 할머니를 일깨웠다.

"옥자야, 반두깨비 살아야지."

순간 모두 얼음이 되었다. 승리를 축하하거나 패배를 한탄
할 때 외할머니를 깜빡 잊고 주의를 기울이지 않았다. 외할머니
가 온전하지 않다는 것은 잠시도 방심하면 안 된다는 뜻임을 잊
고 있었다. 때와 곳을 가리지 않고 외할머니를 공격하는 거대한
힘은 기습 공격에 매우 능했다. 호시탐탐 허점을 노리고 있다가
기회가 오면 놓치지 않았다. 옥자 할머니와 경연 할머니는 망설
임 없이 외할머니와 팔짱을 꼈다. 평소에는 아이들의 동작이 틀
림없이 빨랐는데 이런 때의 할머니들의 동작은 눈 깜짝할 새다.
옥자 할머니와 경연 할머니의 동작을 신호로 얼음이 풀린 아이
들은 그제야 입을 열기 시작했다.

교복을 가지고 와야 하느냐고 물었더니 외할아버지가 고개
를 저었다. 외할머니는 여고시절이 아니라 그보다 더 아득한 옛
날로 돌아가 있었다. 반두깨비는 여고 시절에 즐겼던 놀이는 아
니었다.

외가체험

할머니들의 뒷모습은 평화롭기 그지없었다. 흐름을 막았던 보도 쌓기 전의 모습으로 돌아가 있었다. 보싸움을 하려면 처음부터 시작해야 할 것이다. 처음부터는 아니었다. 처음 보를 쌓을 때 찾아놓은 둑쌓기용 돌들이 주변에 널려 있었다. 밑 빠진 독에 물을 붓는 콩쥐 심정은 아니었다. 밑이 되어줄 두꺼비는 사방에 있었다. 사흘 전만 해도 진복 할아버지, 옥자 할머니, 경연 할머니는 전혀 모르는 사람이었었다.

급히 만들어 어설퍼 보였지만 매우 훌륭한 세 개의 비치파라솔 그늘로 물러났다. 물도 마시고, 간식도 먹었다. 그늘 아래 편안하게 앉아서, 일어섰다 앉았다 하는 할머니들을 바라보았다. 할머니들이 풍경으로 보였다. 평화로웠다. 할머니들은 물이 마른 천변을 다니면서 살림살이를 모으고 있었다.

"진복이 자네가 있어 든든하이. 집사람이 옛날로 돌아갔는데 내가 이렇게 느긋하네그려."

외할아버지 목소리가 가늘게 떨렸다. 건너편 우산 그늘을 바라보니 외할아버지는 눈가를 훔치고 있었고, 외할아버지 무릎에 손을 얹고 있는 진복 할아버지 모습도 눈에 들어왔다. 언제나 굳건한 외할아버지가 외할머니 일일 때는 쉽게 눈물을 보인다. 명지는 주변을 둘러보았다. 이 계절에 냇가에는 작은 꽃을 단 풀들이 끝없이 이어지고 있었다. 외가는 계절에 관계없이 자연이 선물한 볼거리가 줄을 이었다. 명지가 꽃을 단 풀들을 두 줄기 꺾었다.

"외할아버지, 진복 할아버지, 친구 사이가 부럽습니다."

꽃을 하나씩 건넸다. 외할아버지는 진복 할아버지에게 장난스럽게 꽃이름을 물었다. 진복 할아버지가 머리를 긁적였다. 외할아버지가 이름을 알려주면서 이 풀로 물고기를 잡을 수 있다고 말했다.

"풀로 물고기를 어떻게 잡는가?"
"요즘이야 이렇게들 하지 않겠지만, 어렸을 때 여기서는 독풀 고기잡이를 즐겼다네."
"독풀이라 했나, 자네?"
"놀라지 말게. 보여줄 기회가 있을 걸세."

할머니들이 물가에 옹기종기 앉아 살림을 살았다. 할아버지들은 두런두런 대화를 나누면서 소꿉놀이에 합류할 때를 기다리고 있었다. 할머니들이 밥 먹으라고 이름들을 불렀다. 영실이도 초대가 되었다.

아, 외할머니와 관계 놀이를 그렇게나 많이 되풀이했건만 명지는 다시 영실이로 돌아가 있었다. 힐끗 외할아버지를 보았다. 느긋하다고? 다시 하면 되지, 뭐, 그까짓 관계놀이 같은 거. 명지는 여유롭게 중얼거렸다.

냇물을 건너갔다. 짓이겨진 풀 반찬이며, 갖가지 형태의 그릇들에 주변에서 구한 약간의 먹을거리가 담겨 있었다. 식사에 초대받은 사람들은 기품 있는 자세로 모래와 조약돌과 나뭇가지와 풀로 차려진 진수성찬을 음미하는 시늉을 했다. 만찬이 끝났다.

외할아버지가 풀을 담았던 반찬 그릇을 물에 막 담그려 할 때였다.

"기태야, 네가 왜 그걸 해."

외할머니가 소리를 꽥 질렀다. 외할아버지가 허리를 폈을 땐 돌그릇은 물에 들어가고 보이지 않았다. 반찬이었던 풀들이 수면에 둥둥 떠내려갔다. 외할머니가 물속에 주저앉아 몸부림을 치자 수면에서 흐르던 풀들이 물가로 흩어지기도 하고 흐름을 따라 떠내려가기도 했다.

"상옥아, 설거지는 네가 잘해. 난 숭늉 마시려고."

외할아버지가 외할머니를 일으켰다. 옥자 할머니가 돌그릇을 외할머니에게 건네주었다. 외할머니는 부지런히 설거지를 해서 경연 할머니에게 넘겼다. 경연 할머니가 나뭇가지를 선반 삼아 가지런히 정돈을 했다. 할머니들은 설거지를 다하고 실컷 놀기로 했다. 외할머니가 기분이 좋아졌다.

그 때 점심이 다 되었다고 엄마가 냇둑에서 소리쳤다. 집에서 보았던 엄마 맞나 할 정도로 엄마가 몹시 활달해졌다. 집에서보다 식구들이 무척 많아졌는데도 엄마는 일류 요리사나 된 것처럼 뚝딱뚝딱 잘도 밥상을 준비했다. 유난히 아침이 부실했던 것도 아닌데 시장기가 장난이 아니었다. 물놀이를 하면 배가 더 많이 고파진다 했는데 그 이유를 모르겠다. 아무튼 배가 많이 고프다.

"난 괜찮네. 진복이 자네는 어서 들게나. 시장하겠네."
"우리 마누라도 저기 일하는 거 안 보이는가. 나도 괜찮네."
"아버지, 어르신. 애들이 배고파요. 아침도 먹은 둥 만 둥

했잖아요, 쟤들이."

　외할아버지가 끙, 일어섰다. 외할아버지가 외할머니 이름
을 불러 원두막으로 가자고 했다. 상당히 기분이 좋아 보이는
외할머니가 옥자 할머니와 경연 할머니 손을 잡고 원두막으로
향했다. 외할머니가 용수에게 같이 가자고 소리쳤다. 우르르 외
할머니 뒤를 따라 원두막으로 향했다. 원두막에서 들녘을 바라
보니 논에는 벼가 잘 자라고 있었다. 가을이면 자주 뉴스 화면
을 가득 채우는 황금들판이 될 것이다.

　밥을 다 먹기도 전에 외할아버지가 진복 할아버지에게 집에
다녀와야 한다면서 뒷일을 부탁했다. 무슨 일인가 했더니 외할머
니 약을 챙겨 오지 않았다고 했다. 외할아버지 말을 듣자마자 송
이가 원두막 사다리를 쪼르르 내려갔다. 우산 그늘로 달려가 교
련 가방을 들고 오는 송이가 보였다. 모두의 앞에 송이가 교련 가
방에서 약을 꺼내 놓았다.

　"너, 거기 원기소 있는지 어떻게 알았어?"
　"외할머니가 옥자 할머니와 소풍 가신 날, 너랑 외할머니
원기소 챙겼잖아."

외할아버지가 외할머니 약을 잊어버리고 챙기기 않았다. 절대로 일어날 것 같지 않은 일이 눈앞에서 일어났다. 틀림없이 나쁜 일이어야 하는데 그런 생각이 전혀 들지 않았다. 외할아버지가 그럴 수도 있는 게 더 자연스럽다. 외할아버지가 공책에 이 일을 반성해 놓으면 온전한 외할머니가 자애롭고 수줍은 미소를 머금으며 잘 했다고 칭찬을 할 것이다.

옥자 할머니가 약을 챙겼다.

"기태, 봤는가? 자네가 아니면 절대로 안 된다고 생각하지 말게나."

"진복이, 우리는 고기 잡으러 가 보세나."

"용수야, 너도 가 봐."

외할머니가 순순히 외할아버지를 보냈다. 명규도 같이 가도록 부추기면서. 엄마가 환하게 웃으면서 외할머니 곁으로 갔다. 명지가 눈짓을 해서 송이와 윤아가 일어섰다.

"영실아, 남학생들끼리 노는 데 가려고?"

"아니. 감시하려고."

외가체험

외할머니가 어릴 때는 놀이터에서도 남녀 구분이 확실했다고 한 적이 있었다. 명지는 순발력을 발휘한 대답에 스스로 만족했다.

외할아버지는 물고기를 잡는다면서 엄마가 타고 온 짐자전거를 끌고 물가로 갔다. 비치파라솔을 해체하여 두 개의 나무막대기를 전선으로 얼기설기 묶어 실었다. 자전거를 끌고 가는 외할아버지를 감시하기 위해 발걸음을 서둘렀다. 외할아버지는 냇물을 따라 하류 쪽으로 걸어갔다. 물가에 풀이 숲으로 우거진 곳으로 가서 수면을 가리켰다. 진복 할아버지와 감시단이 풀숲을 관찰했다. 풀숲과 수면이 만나는 곳 여기저기 작은 물고기들이 보였다. 피라미다. 피라미가 둥둥 떠 있다. 도대체 누가?

외할아버지가 자전거를 세웠다.

"이게 다 소꿉놀이의 산물일세."

"소꿉놀이라니. 여학생들은 피라미 근처에도 가지 않았었네."

"설거지한다고 돌그릇을 물에 씻지 않았는가. 그때 짓이겨진 풀이 물에 풀렸지. 명지가 우리에게 준 그 풀을 짓이겨 물에 풀면 이렇게 기절한 피라미가 떠오르지. 기절한 물고기가 깨어나기 전에 주워 담으면 되는 거야. 어떤 피라미는 죽어 있기도 해. 그래서 우리가 독풀이라 불렀다네."

외할아버지가 자전거의 헤드라이트에 연결된 음극과 양극 전선을 풀었다. 외할아버지가 짐실이에서 막대기와 전선을 가져왔다. 자전거의 음극선과 양극선에 각각 가져온 전선을 연결하여 막대기에 둘둘 감더니 비닐이 벗겨진 끝부분을 아래쪽으로 향하게 했다.

"자네, 자전거로 물고기 잡아본 적 있나? 지금부터 내가 자전거로 물고기를 잡아봄세."

외할아버지가 자전거를 타고 싶어 했던 윤아에게 힘껏 페달을 밟으라고 지시했다. 헤드라이트에 불이 켜지지 않는 걸 확인하더니 외할아버지가 막대기를 양손에 하나씩 들고 물에 들어가서 풀숲이며 바위 밑으로 막대기를 밀어 넣고 휘저었다. 윤아가 금방 지쳤다. 명규가 교대하려고 하자 힘은 써 본 사람이 낫다면서 진복 할아버지가 힘차게 페달을 밟았다.

수면에 물고기가 떠오르기 시작했다. 와! 아이들이 일제히 비명을 질렀다.

자전거 물고기잡이는 사람에게는 위험할 정도의 전력은 아니지만, 물고기들에게는 치명적인 점을 이용한 것이다. 물고기가 감전되어 기절을 하거나 죽게 된다. 독풀 물고기잡이보다는 좀더 문명의 도구이지만, 이 또한 물고기들을 학대하는 면이 있어 마음이 불편했다.

못할 노릇이라면서 진복 할아버지가 페달 밟기를 멈추었다. 힘이 부쳐서가 아니었다. 진복 할아버지의 얼굴빛이 어두워졌다.

"고래가 이런 식으로 죽어가네."

일본 사람들이 음파탐지기를 쏘아 방향 감각을 잃은 돌고래 수백 마리를 한꺼번에 만으로 몰아넣고 작살을 찔러 피바다를 만드는 한, 일본이 선진국이 될 수는 없다고 진복 할아버지가 열변을 토했다. 일본은 잔인한 고래잡이를 반성하기는커녕 호시탐탐 포경을 확대할 궁리만 하고 있으니 일본에서 저지르는 피바다 핏물이 한반도로 퍼져올 것만 같아 걱정이라고 울분을 터뜨렸다. 일본의 잔인한 행위 때문에 동해안으로 고래가 돌아올 날이 더 멀어질 것 같다고 가슴을 쳤다.

"자네가 그런 마음으로 페달을 밟았으니 아마도 기절한 물고기들이 조금 있으면 모두 정신을 차릴 걸세. 내가 괜한 짓을 했네. 잘못했네, 진복이."

외할아버지가 진복 할아버지를 위로했다. 물고기가 떠오른 다고 흥분했던 조금 전의 모습 때문에 모두들 시무룩해졌다.

이제 집으로 돌아가겠다면서 자전거를 가지고 오라고 엄마가 소리쳤다. 엄마가 말리지 않았더라도 돌아갈 참이다. 진복 할아버지가 아니었으면 물고기를 재미삼아 계속 죽일 뻔했다. 잠깐 동안 물고기를 생명체가 아니라 장난감으로만 생각했다. 진복 할아버지의 울분이 이성을 찾아주었다. 침묵이 이어졌다. 침묵 끝에 반짝 떠오른 생각이 있었다. 고기잡이에 열중하여 외할아버지가 외할머니를 잊을 수 있음을 발견한 일이 경이로웠다. 외할머니 병약에 이어 고기잡이까지. 외할아버지가 비로소 인간적으로 보였다면 모순일까. 지금까지는 외할아버지에게 응석을 부리고 철딱서니 없는 일을 저지르면 안 될 것 같았다. 버릇이 없다, 생각이 모자란다 이런 식의 지적을 받은 적이 없음에도 외할아버지 앞에서는 삼가는 일이 많았다.

그렇다. 외할아버지 앞에서는 괜히 있어 보이고 싶었다.

"외할아버지."

명지는 외할아버지와 팔짱을 꼈다.

"할아버지."

윤아가 외할아버지의 다른 편 팔짱을 꼈다. 윤아도 같은 생
각이 들었을까. 뒤에서 명규가 불렀다. 돌아보았다.

"원두막에서 다 보이는데 그 팔짱 좀 풀지."

깐깐한 시선은 곳곳에 있었다. 현재 외할머니는 상옥이로
돌아가 있음을 일깨우는.

냇가에서 돌아와 옥자 할머니, 경연 할머니와 대화를 나누
던 외할머니가 연신 하품을 했다. 명규는 마을회관으로 가서 연
극 연습을 하자고 소곤거렸다. 진복 할아버지는 주연 배우인 외
할아버지가 빠져서는 연습이 되지 않을 테니 집일은 진복 할아
버지에게 맡기라고 했고, 경연 할머니는 외할머니와 함께 방으
로 들어갔다. 옥자 할머니도 한숨 잘 거라며 진복 할아버지에게
소파에서 눈 좀 붙이라면서 외할아버지에게 밖으로 나가라는
손짓을 했다.

옥자 할머니가 크게 하품을 하며 방으로 들어가 경연 할머니 반대편에 누웠다. 외할머니는 친구들 사이에서 고개를 이리저리 돌리는 듯하더니 이내 고개가 움직이지 않았다. 그제야 외할아버지가 집을 나섰다.

"다녀오겠네."

외할아버지는 재길이 아저씨네서 경운기를 빌렸다. 외할아버지가 명규, 민서와 함께 간이침대를 경운기에 실어 마을회관으로 옮겨 놓고 나서야, 진복 할아버지는 두 할머니와 함께 마을을 떠났다. 오늘밤 명지는 진복 할아버지처럼 고래 꿈을 꾸고 싶다. 진복 할아버지는 고래가 영일만에서 놀다 신라의 북해지로를 거쳐 오호츠크해로 헤엄쳐 간다고 했다. 꿈속에서 태평양 서쪽 영일만에서 헤엄치던 고래가 북쪽으로 올라갈 때 또 다른 연오랑과 세오녀들이 고래 등을 탈 것만 같다.

연극

오늘은 외가체험 마지막 밤이다.

종일 연극 준비한다고 분주했다.

윤아는 외할아버지와 악이 할머니 얘기를 바탕으로 마을에서 여러 배우들이 등장하도록 대본을 짰다. 마을회관에서 윷놀이를 하면서 대강 배우들의 윤곽이 드러나나 했는데 배우들은 마음대로 출연 여부를 변경했다.

어찌 되었건 대본이 완성되었다.

윤아가 대본을 수정하면서 진땀을 뺄 때, 명규가 윤아를 위로했다.

"윤아 누나, 배우들의 대사는 중요하지 않은 것 같아. 누나도 봤잖아. 대사를 충실히 하는 분은 아무도 안 계셔. 대본은 누구 차례인지를 알려주는 역할 뿐이잖아."

이 문제로 고민했던 명규가 연극인에게가 아니고 놀이연구소에 조언을 구했다고 해서 모두를 놀라게 했다. 더 놀라운 일은 놀이연구소 대표님과 얘기를 나눈 명규가 한층 더 자신감을 가지고 이미 알고 있던 연극 장르에서 자유로워졌다는 것이다.

결국 명규는 예술로서의 연극이 아니라, 그 어떤 것으로도 포장 되지 않은 진솔한 삶이 드러나는 작품을 상연하기로 작정했다. 예측불허가 주는 긴장감, 돌발 상황이 주는 재미에 푹 빠져서 명규는 배우들에게 거의 모든 것을 맡기고 있었다. 출연한 할머니, 할아버지가 대사를 할 수 있도록 명지, 민서, 윤아가 배역들의 진행을 돕기로 했다.

대본은 40분짜리였지만, 연습할 때마다 시간이 달라서 상연 시간 얼마 하는 건 아무 의미가 없었다. 최종 리허설이라고 했을 때도 도무지 어떤 연극이 될지 종잡을 수가 없기는 다른 때의 연습과 마찬가지였다. 약속되지 않은 대사들이 튀어나오기도 하고, 몽땅 없어지기도 하는가 하면 말릴 새도 없이 다른 배역의 대사에 참견을 하기도 하는 동네 배우들이었다. 연출가의 권한? 동네 배우들에게 그런 건 처음부터 안중에도 없었다.

마을 입구에 자리한 마을회관은 주차장만 넓은 게 아니고 마을회관 건물 규모도 컸다. 주차장이 넓다는 것도 예닐곱 대 정도 세울 주차 공간이었지만 평소에는 세워진 차가 거의 없어 넓은 주차장이 되었다. 마을회관 2층 건물은 1층엔 커다란 거실과 주방, 남자 방, 여자 방, 화장실로 구분되어 있고, 2층은 곶감이니, 오이니 하는 작목반 명칭이 붙은, 마을 공동 사업을 위한 사무실로 사용되고 있었다. 어떤 사람들은 마을 입구의 노거수를 없애서 마을회관 앞의 공간을 더 넓게 사용하자고 주장하지만, 마을의 안녕을 지켜주는 느티나무를 숭배하는 대다수

외가체험

마을 주민의 반대에 부딪쳐 노거수는 여전히 동수나무 역할을 하고 있었다.

마을 이장님이 동네 방송을 거듭 하고 있었다. 저녁 7시에 연극 공연이 있으니 구경하러 오라고. 연극 연습을 하던 어제부터 이장님은 동네 방송을 해 왔다. 신문 기사에서 본 만석리에서도 이런 방송이 되풀이되었을 것이다. 뒤늦게야 만석리 이장님과 통화를 해 보았어야 하지 않았나 하는 생각이 들었다.

여자 방의 미닫이 방문을 떼어 객석을 넓혔다. 남자 방 방문은 준비실로 사용하려고 그대로 두었다. 배우들의 자리는 청 테이프로 객석과 구분이 되어 있었다. 바닥에 가부좌를 하든, 벽에 기대든, 의자에 앉든, 서 있든 배우들의 의사에 맡겼다. 가장 편안한 자세를 취하라는 게 명규가 배우들에게 요청한 내용의 거의 전부였다. 무대라고 설정한 거기에 계속 있어도 되고, 어색하면 그 자리를 떠나도 된다고 하니 배우들이 웃음을 터뜨렸다. 심지어는 누워 있어도 된다고 하니까 배우들이 스스로 그렇게 하면 안 된다고 고개를 저으며 서로에게 주의를 주었다.

연극이 끝나면 모든 출연진과 관객이 같이 놀이를 한다고 했다. 어떤 놀이를, 어떻게 진행할지에 관해 명규는 입을 닫았다.

"1급 비밀이어서 내가 말을 안 하는 게 아니고, 나도 몰라서 말을 못해."

"너도 모른다는 게 말이 되냐?"

"말이 안 되지만 사실이야. 대표님이 알아서 하신다고 걱정하지 말라셨어."

명규는 연극 외의 일을 생각할 여유가 없노라고 말을 이었다. 특별히 무대를 꾸밀 일은 없었다. 소품도 없는데 무대 장치는 처음부터 생각지도 않았다. 당연히 무대 의상도 준비하지 않았다. 조명이니 음향이니 하는 게 있을 리가 없었다. 그러고도 연극이라고 배우도 제작진도 매우 흥분하고 있는 것도 사실이었다.

이번 주는 출근이 아니니 자유롭게 드나들겠다고 선언한 진복 할아버지는 두 할머니와 함께 참으로 일찍도 숯골마을에 도착해 있었다. 진복 할아버지는 자신이 관여하지 않으면 성공적인 연극 공연 같은 건 어림없는 일이라고 동분서주했다. 요즘처럼 살맛나던 때는 없었다며 연신 고맙다고 했다. 고마워해야 할 사람들은 따로 있는데.

진복 할아버지는 뭔가를 보이기 위해서는 원래 보이지 않는 곳에서 할 일이 많은 법이라며 일찌감치 무대에 오르는 역할을 마을 사람들에게 양보했다. 남자 배우가 필요하지 않느냐

226

면서 말을 걸기 시작했던 진복 할아버지는 중요한 스태프가 되어 있었다. 진복 할아버지는 기꺼이 스태프 제복, 교련복을 입었다.

이번 연극 관객 중에서 VVIP는 아랫집 규호 할아버지다. 규호 할아버지 객석 모시기 미션은 주원식 아저씨가 책임자였다. 진복 할아버지는 이 미션에도 역할을 맡았다. 명지와 민서도 미션 수행을 하고 있었다. 아저씨와 할아버지는 마을회관에 일손이 더 필요할 것이라고 했지만 규호 할아버지의 나들이도 보통 중요한 일이 아니었다. 마당에도 나서기가 자유롭지 않았던 규호 할아버지가 마을 입구 마을회관으로 가는 일이 아닌가. 이 나들이는 아이들이 연극을 기획했기 때문에 일어난 일이다. 책임과 의무, 완수해야 했다.

주원식 아저씨는 조수석을 평평하게 눕혔다. 명규와 따로 만났던 악이 할머니는 마을회관이 아니라 규호 할아버지와 함께 있었다. 악이 할머니가 여름 요를 가지고 와서 조수석에 깔았다. 주원식 아저씨와 민서가 양쪽에서 부축하여 규호 할아버지의 자유롭지 못한 팔다리 역할을 했다. 명지는 마루에서 마당으로 내려설 때와 차에 오를 때, 부축하는 사람들과 호흡을 맞춰 할아버지의 다리를 구부렸다 폈다 했다.

어느 정도 출발 준비가 되자 주원식 아저씨는 명지와 민서를 마을회관으로 가라고 했다. 마을회관에서는 명규와 송이, 윤아가 잘 하고 있을 텐데 굳이 명지와 민서까지. 마을회관에 규호 할아버지 자리를 확보해 두어야 한다. 민서가 재빠르게 외할아버지 짐자전거를 가지러 달려갔다.

바람처럼 달려온 민서가 찌르릉거렸다. 안전모를 쓴 민서는 명지에게도 안전모를 건넸다. 명지가 자전거 뒤에 올라탔다. 송이에게 전화를 했지만 여전히 통화가 되지 않았다. 명규도 윤아도 전화를 받지 않았다.

마을회관에 도착하자마자 명지와 민서는 간이침대를 공연장인 거실로 옮겼다. 송이와 윤아도 함께 침대를 옮겼다. 밤골댁 할머니가 이것저것 묻는 바람에 대답을 하면서 준비한다고 정신이 없었다. 공연 준비로 일찍 마을회관에 와 있는 사람들이 열무국수로 저녁을 먹을 때도 밤골댁 할머니가 진두지휘했다는 건 뒷얘기로 들었다.

아이들은 모두 진동에서 소리로 스마트폰 설정을 바꿔놓았다. 매너 모드는 연극이 시작될 때나 하는 거다. 명지는 거실 한가운데에 간이침대를 놓았다. 객석 중앙이다. 발받침대가 무대를 향하도록 침대를 놓았다. 아직 시간이 일러 객석에는 관객이 많지는 않았다. 주원식 아저씨 차를 타고 온 밤골댁 할머니는 관객이 아니라 청테이프 무대 구분선을 지키는 사람 같다. 마을회

외가체험

관 반대편에 살고 있는 밤골댁 할머니는 다섯 시가 되기도 전에
저녁을 먹었다며 데리러 오라고 주원식 아저씨를 호출했었다.

　머리가 위치하는 부분을 높이려고 마을회관에 보관된 담요
를 가져왔다. 스마트폰이 울렸다. 주원식 아저씨였다. 악이 할
머니가 차에서 내렸다. 주원식 아저씨가 명규와 민서와 함께 규
호할아버지를 부축했다. 명지는 조수석에 깔린 요를 걷어 간이
침대에 펼쳐 놓았다. 규호 할아버지가 간이침대에 누웠다. 악이
할머니는 무대로 가서 자리에 앉았다. 송이가 규호 할아버지 침
대로 바싹 다가가 규호 할아버지 얼굴을 바라보았다.

　"할아버지, 할머니가 보이시면 눈을 세 번 깜빡해 주세요.
안 보이시면 한 번만 해 주시구요."

　예스는 세 번, 노우는 한 번. 송이가 다시 한 번 규호 할아
버지에게 강조했다. 그러고도 안심이 되지 않았는지 송이가 명
지를 불렀다. 명지는 송이 반대편에서 규호 할아버지 얼굴을 내
려다보았다.

　"할아버지, 할머니가 보이셔요?"

규호 할아버지는 한 번만 눈을 깜빡였다. 노우였다. 규호 할아버지 침대 머리 부분을 좀 더 올려야 했다. 외할아버지가 진복 할아버지에게 각목과 망치와 못을 가져다 달라고 전화했다. 통화를 하면서 진복 할아버지가 마을회관 거실 안으로 들어섰다. 진복 할아버지와 주원식 아저씨가 각목과 망치를 들고 있었다. 옥자 할머니와 경연 할머니가 못을 내려놓았다. 외할머니도 같이 들어왔다. 놀라서 바라보는 외할아버지를 향해 진복 할아버지가 짓궂은 표정을 지었다.

주원식 아저씨가 명규와 민서에게 눈짓을 했다.

"어르신, 자꾸 성가시게 해서 죄송합니다. 한 번 더 침대에서 내려오셔야 되겠습니다."

규호 할아버지가 눈을 세 번 깜빡였다.

규호 할아버지가 침대에서 내려오자 외할아버지와 주원식 아저씨가 침대 머리 부분에 각목을 덧대어 침대 키를 높였다. 침대 바닥이 무대를 향해 완만한 대각선을 유지했다. 규호 할아버지를 다시 침대에 눕혔다. 규호 할아버지는 발 받침대에 서 있다시피 한 모습이 되었다. 규호 할아버지가 불편할 것 같아 송이는 옆에서 연신 괜찮으냐고 물었다. 규호 할아버지가 눈을 세 번 깜빡였다. 송이가 명지를 보며 할아버지가 세 번 깜빡인 게 맞는지 확인했다. 규호 할아버지가 눈에 힘을 주어 감았다가 떴다.

침대에 다른 사람들이 기대거나 매달리는 걸 막으려고 주 원식 아저씨와 송이가 침대 곁을 지키기로 했다. 밤골댁 할머니 가 청테이프 구분선을 떠나 침대 가까이로 왔다.

"자네도 오셨는가. 오랜만이네. 반가워. 잘 보이시는가?"

규호 할아버지가 눈을 세 번 깜박였다. 송이가 그렇다고 전 달했다.

"난 내 자리로 가서 보려네. 잘 자시고 기운 내시게나."

밤골댁 할머니가 앞자리로 돌아왔다. 밤골댁 할머니를 따 라 명지도 규호 할아버지 침대 곁을 떠나 정해진 자리에 앉았 다. 명규가 남자 방에서 나와 밤골댁 할머니와 같이 남자 방으 로 돌아갔다. 역할이 없는 밤골댁 할머니가 왜 남자 방으로 들 어가는지 의아했지만 객석을 두리번거리느라 이내 관심이 흐려 졌다.

윤아, 민서, 명지의 자리는 무대와 가장 가까운, 객석 첫줄이었다. 외할아버지, 외할머니가 7080 교복을 입는다고 하여 모두들 교련복을 입고 있었다. 뜻하지 않게 7080 교련복이 연극을 제안한 제복이 되어 버렸다. 스태프가 확실히 드러난다며 명규와 송이가 너스레를 떨었던 게 아득한 옛일 같다.

윤아와 민서처럼 관객도 안내하고 싶지만 외할머니 곁에 있고 싶기도 한 명지였다. 7080 교복을 입은 외할머니가 객석에서 유난히 눈에 띌 일은 막았나 싶었는데 머리까지 양 갈래로 묶어서 배우 중의 배우처럼 보이는 건 어쩔 수 없었다. 외할머니는 첫날 보여 주었던 레게머리를 며칠 간 하지 않았었다. 외할머니가 몸을 움직일 때마다 신분 목걸이도 따라서 흔들거렸다. 오늘은 아빠가 외할머니에게 신분 목걸이를 걸어주었을 것이다. 외할머니의 실종을 겪은 후 가족들은 좀 더 세심해졌다.

외할머니가 갑자기 명지 손을 꼭 잡았다.

"오늘은 이 양 갈래 머리가 필요해. 내가 연극을 망칠지도 몰라. 미안하다."

뭐라고 대답해야 할지 막막했다. 아니라는 말도, 괜찮다는 말도 할 수 없었다. 온전한 외할머니인지 아닌지도 판단하지 못했다. 외할머니 목소리는 춘향 버전? 그렇다면 7080 교복은 왜? 머릿속이 복잡하다. 명규에게 말해야 하나. 어쩔 줄 모르고 있을 때 엄마, 아빠 모습이 눈에 들어왔다.

드디어 엄마, 아빠가 도착했다. 엄마는 연극이 끝난 후 뒤풀이 준비를 해 두느라 약속 시간보다 늦었다고 해명했다. 명지보다 엄마가 먼저 말하는 바람에 엄마에게 외할머니 얘기를 할 기회를 놓쳤다. 어수선한 객석에서 명지도 머리가 어수선해졌다.

옥자 할머니, 경연 할머니, 교련복을 입은 진복 할아버지가 둘째 줄에 앉았다. 옥자 할머니와 경연 할머니를 쉽게 볼 수 있는 셋째 줄에 외할머니를 가운데 두고 엄마, 아빠가 양편에 자리를 잡았다. 외할머니는 첫째줄 명지 옆에 앉았다가 자리를 옮긴 것이다. 규호 할아버지는 셋째 줄부터 자리를 차지했다. 밤골댁 할머니는 남자 방에서 가장 가까운 곳에 자리를 잡았다.

10분 전이었다. 둘러보니 객석이 그득하다. 한 가족이 들어왔다.

"아버지, 어떻게 여기까지 나오셨어요? 도대체 누구의 허락을 받고 우리 아버지를 여기에 모신 겁니까?"

잘못을 저지른 누군가를 나무라듯 목소리를 높였다. 주원식 아저씨가 일어났다.

"아드님이신 모양이죠. 모친께서 부탁하셨습니다."
"그렇습니까? ……애들아, 뭐하니. 할아버지께 인사 드려야지."

초등학생으로 보이는 두 여자애들의 맑고 높은 소리가 객석을 채웠다. 샛별이와 보람이다. 처음 보는데 친척 동생 같다. 조금 있다가 들어온 관객을 향해 샛별이와 보람이가 달려갔다. 샛별이네 가족은 먼저 온 사람들의 양보 덕분에 규호 할아버지 침대 가까이에 나란히 자리를 잡았다. 샛별이와 보람이는 낯익은 머리띠를 하고 있었다.

명지는 경로당 역할을 하는 마을회관 거실을 처음으로 유심히 둘러보았다.

생활수칙이 천장 가까운 높이에서 가운데 벽을 차지하고 있었다.

1. 우리는 사회로부터 존경받는 노인이 되도록 힘쓴다.
2. 우리는 훼손되는 자연을 보호하고 사회정화운동에

외가체험

앞장선다.

3. 우리는 정의사회구현의 국가시책에 적극 호응하고
상부상조 정신함양에 협력한다.

딱딱한 느낌을 주는 생활수칙이었다. 생활수칙이라는 말은
한자로 인쇄되어 있었다. 경로헌장과 노인강령도 게시되어 있
었다. 경로헌장은 아랫세대가 할 일을, 노인강령은 윗세대가 지
녀야 할 마음가짐을 명시해 두었다.

생활수칙 1번을 한참 동안 바라보았다. 노인강령 3번도 눈
에 들어왔다.

3. 우리는 청소년을 선도하고 젊은 세대에 봉사하며 사
회정의 구현에 앞장선다.

윷놀이를 할 때 흥겹게 윷을 놀고, 같이 아이스크림을 즐기
던 할머니, 할아버지 모습이 생생하다. 열무국수를 내놓으며 기
어코 먹고 가라던 할머니들의 목소리도 들리는 듯하다.

'어르신들, 무더울 땐 이렇게 하세요' 게시물은 이즈음 꼭
필요한 내용이긴 하지만 내용이 너무 많고 글자가 작다는 생각
이 들었다. 어제 연극대본을 내놓았을 때 이구동성으로 '글자가

작다, 내용이 많다'고 한숨을 쉬던 모습이 눈에 선하다. 불편한 일이 있으면 신고하라는 안내문도 젊은이를 염두에 둔 인쇄물이었다.

7시가 다 되어가자 마을회관은 관객으로 꽉 찼다. 명규는 7시 정각에 연극을 시작한다고 했다. 약속한 시간을 지키는 것이 관객에게 보이는 예의라며. 벽에 기대어 앉은 뒷자리 관객에게 나중에 도착할 관객을 위해 뒷자리 한 줄은 비워달라고 부탁을 했다. 휴대폰을 매너 모드로 바꿔 달라는 요청은 못했다.

시간이 되자 배우들이 한꺼번에 등장했다. 무대라고 약속한 곳에 배우들이 자리를 잡았다. 외할아버지의 7080 교복은 무대 의상처럼 보였다. 윤아가 먼저 대사를 시작했다.

"필남 할머니, 옛날이야기 듣고 싶어요."

윤아가 필남 할머니를 불렀고, 옛날이야기 대사부터는 윤아와 호흡을 맞춰 명지와 민서가 같이 말했다. 세 명은 각자 대본을 들고 있었다. 무대의 배우는 전문 연극인처럼 아무도 대본을 가지고 있지 않았다.

"옛날이야기 들어서 뭐하려고. …… 우리들 살아온 얘기가

외가체험

재미있을 리가 있나. …… 우리는 어렵게 살았어. …… 너희들은 참 좋을 때에 태어났다, …… 참 좋을 때야, 너희들은."

필남 할머니는 몹시 긴장했다. 리허설 할 때만 해도 너무도 자연스럽게 말하던 필남 할머니였는데, 뒤에 챙겨둔 대본을 황급히 당겨 들고 줄줄 읽고 있었다. 대본에서 잠시도 눈을 떼지 못했다. 하도 목소리가 떨려서 할머니가 대사를 하는 중간에 다음 대사로 들어가는 게 좋을까 고민하는 동안 가까스로 필남 할머니가 대사를 끝냈다. 다음 대사는 명지 차례였다.

"악이 할머니, 초등학교, 아니 국민학교 시절이 기억나시나요?"

악이 할머니가 대사를 하기 시작했다. 어렵고 힘들었던 시절의 이야기였다. 대본을 제대로 읽은 적도 없었다. 읽지도 않았으니 외울 기회는 처음부터 없었다. 그런데 할머니는 길고 긴 대사를 이어갔다. 대본 내용이 어떻게 되어 있든 전혀 상관이 없었다. 악이 할머니는 관객의 마음을 움직이고 있었다. 명연기다.

객석에서 갑자기 목소리가 튀어 나왔다. 그 때는 다 그렇게 살았다고. 지질이도 고생하면서 살았다고. 한 목소리가 아니라 여기저기서 그땐 그랬다면서 각자 자기 이야기를 하기 시작했다. 어디가 무대고 어디가 객석인지 구분이 되지 않았다. 명지가 민서를 쿡쿡 찔렀다. 객석에서 갑자기 나타난 배역들의 끝없는 얘기를 중단시켜야 하기 때문이다. 객석에서는 매너 모드로 바꾸지 않은 전화기에서 벨이 자주 울렸다. 어떤 관객은 배역을 맡은 것처럼 통화를 하기도 했다. 연극을 하는 중이라고.

민서가 용기를 냈다.

"정순 할머니, 어린 나이에 동생들 키우고 일만 하셨네요."

정순 할머니가 대사를 하기 시작했다. 객석에서 또 간섭을 했다.

"이봐, 재길이 어마씨, 그건 창운이 어마씨 얘기잖아, 당신이 왜 남의 걸 해?"

외할아버지와 악이 할머니 인터뷰 내용이 중심이었다. 옥자 할머니와 경연 할머니를 인터뷰한 것은 대본에는 별로 넣지 못했다. 악이 할머니 얘기를 정순 할머니에게 해 달라고 부탁했었다. 출연하고 싶은 요청을 대본에 반영한 결과다. 객석 여기저기에서 웃음소리가 났다. 맞다는 둥, 그냥 듣고 있자는 둥 말들이 많았다. 그러니까 연극이 아니냐는 말도 섞였다. 관객 반응이 이렇게 뜨거운 연극이라니. 어수선한 분위기 속에서 정순 할머니는 일찌감치 대사를 멈추었다. 객석에서는 얘기 좀 들어 보자며 서로서로 자제를 요청하느라 여전히 수런거렸다. 윤아가 뛰어들었다.

"기태 할아버지, 첫사랑 얘기해 주세요."

이건 좀더 할머니들의 얘기가 진행되고 나서 나올 대사였다. 윤아가 객석 반응 때문에 실수를 했나 보다. 명지가 윤아를 바라보았다. 윤아는 야무진 표정으로 외할아버지를 뚫어지게 보고 있었다. 실수가 아니었다.
외할아버지가 말하기 시작했다.

"내 첫사랑이야 자나 깨나 앉으나 서나 윤상옥이지. 이 세상 끝까지 함께 할 사람이고, 다시 태어나도 나는 윤상옥 만⋯⋯."

외할아버지가 갑자기 대사를 중단하고, 주섬주섬 주머니를 뒤졌다.

"우리 상옥이, 원기소 먹어야지."

여기까지 했을 때다.

"기태야, 나 여기 있어."

뒤를 돌아보았다. 엄마가 말릴 새도 없이 외할머니가 자리
에서 벌떡 일어났다.

"준우 싫어. 기태 너랑 결혼할 거야."

외할머니는 앞으로 걸어 나가려 했다. 옥자 할머니와 경연
할머니가 사이를 벌려서 외할머니가 걸어갈 수 있게 해 주었다.
얼떨결에 명지와 민서도 사이를 띄웠다. 외할머니가 외할아버
지 품으로 거침없이 나아갔다. 그 바람에 외할아버지가 휘청 하
는가 했는데 가까스로 중심을 잡았다. 외할아버지 옆에 있던 희
자 할머니가 외할머니를 말렸다.

"이봐 미애 어마씨, 지금 연극 중이야. 저리 가 있어."

외할머니가 희자 할머니를 물끄러미 바라보았다.

"할머니, 죄송해요. 할머니가 준우와 결혼하라고 했지만 저는 기태가 좋아요."

"상옥아, 지금 그런 얘기할 때가 아니라니까."

희자 할머니의 목소리가 커졌다. 순간 외할머니 표정이 겁에 질렸다. 외할아버지가 외할머니 손을 잡고 손등을 토닥토닥 두드려 주었다.

"할머니, 준우 싫어요. 기태를 사랑해요."

외할머니가 희자 할머니를 보고 버럭 소리를 질렀다. 외할아버지가 외할머니 어깨를 안고 남자 방으로 퇴장을 했다. 객석이 또 웅성거렸다.

"악이 할머니, 돈이 있으면 뭐 사고 싶으세요?"

윤아가 큰 소리로 물었다. 연극은 진행 중이다.

악이 할머니가 대답했다.

"이 나이에 뭐 사고 싶은 게 있겠냐. 넌 뭐가 사고 싶니?"
"저는 사고 싶은 게 많아요. 지금은 악세사리를 샀으면 좋겠어요."
"나도 그런 게 사고 싶다. 내가 그거 살 수 있도록 네가 좀 도와다오."
"요즘 유행하는 머리띠가 있어요. 그걸 사면 될까요?"

윤아는 연극의 흐름을 꿰뚫고 있었다. 명지와 민서가 어리둥절하게 마주보고 있을 때 윤아는 악이 할머니와 대본에 없는 대화를 거침없이 주거니 받거니 했다. 객석은 조용히 연극을 감상하고 있었다. 객석에서 끼어들 수가 없는 내용이 이어졌다. 누구네 제사나 생일이 언제인지, 누구네 집 숟가락이 몇 개인지까지도 알고 있을 터지만 액세서리니 유행하는 머리띠니 하는 것은 도무지 모르는 내용이었다.

"그걸 보여줘. 내가 골라서 주고 싶어. 윤아가 도와주면 예쁜 걸 살 수 있을 거야."
"제가 인터넷 쇼핑몰을 보여드릴게요. 할머니 마음에 드는

걸로 고르셔요. 그런데 악이 할머니, 유행하는 머리띠를 왜 사고
싶으세요?"

"샛별이와 보람이 주려고. 세상에서 제일 고운 우리 손녀들
에게 얼마나 잘 어울리겠어."

"창운이네, 자네 손녀들 여기 있어."

객석에서 또 무대를 간섭했다. 윤아와 명지가 뒤를 돌아보
았다. 샛별이와 보람이가 초롱초롱 빛나고 있었다.

"와, 샛별이와 보람이, 예쁘다. 세상에서 제일 고와요, 악이
할머니. 그렇죠, 할아버지?"

이렇게 소리친 사람은 송이다. 송이마저 객석 분위기에 휩
쓸렸다. 침대 옆에 우뚝 서 있는 송이가 규호 할아버지 손을 잡
고 물었다. 규호 할아버지를 연극 속으로 불러들인 것이다. 규
호 할아버지는 침묵으로 대사를 했다.

그때 명규가 남자 방에서 나왔다. 혹시 배역들이 목이 마를
지 몰라서 준비해 둔 물병 하나를 들고 명규가 다시 남자 방으
로 들어갔다. 명규가 어지간히도 애가 타는 모양이다.

"남희 할머니, 이렇게 살아오신 얘기를 풀어놓으니 기분이
어떠세요?"

순서는 아니지만 명지가 대본에 있는 대사를 했다.

"자랑스러운 얘기는 아니었어. 민망하기도 해. 하지만 참
잘 살아왔다는 생각이 든다, 얘들아."
"자식들과 같이 사시면 좋잖아요. 손주들 재롱도 보시구요."

순서에 관계없이 민서가 나섰다. 민서는 굳이 어느 할머니
를 불러 순서가 되었다는 힌트도 없이 질문했다. 민서 목소리
가 여느 때와 다르다. 민서와는 상관없이 무대에 있는 할머니들
은 너무도 자연스럽게 대답을 했다. 자식들 집에 가는 게 그리
마음이 편한 게 아니라고. 자식들이 편하게 해 주려고 마음 쓰
는 게 오히려 불편하다고. 괜히 자식들 고생시킬 거 없이 밥 끓
여 먹을 힘이라도 있으면 자식들과 떨어져 사는 게 백 번 편하
다고. 마을회관답게 그런 얘기들이 두런두런 오갔다. 객석의 열
렬한 호응도 있었다.
    객석에 있는 줄 알았던 밤골댁 할머니가 느닷없이 남자 방
에서 무대로 등장했다.

외가체험

"우리 숫골마을 주민 여러분!"

밤골댁 할머니는 이장님처럼 마을 방송을 할 때 사용하는 마이크를 들고 있었다.

"난 이 마을에서 가장 나이를 많이 먹은 밤골댁이올시다. 오늘 참 기분이 좋습니다. 살아보니 이런 날도 있습니다. 아이들이 우리 늙은이들을 이렇게 살맛나게 하네요. 우리 얘기를 듣고 젊은이들도 좋아하고요. 그런데 나보다 더 나이가 많은 우리 동수나무 말입니다. 그 느티나무가 나이를 아주 많이 먹었잖아요. 기뻐도, 슬퍼도, 좋아도, 싫어도 우리 마을과 함께 했습니다. 그 느티나무도 대대손손 우리 마을 가족입니다. 상어르신을 푸대접하지 마세요. 부탁합니다."

밤골댁 할머니의 말은 마을회관을 넘어 마을 전체에 울리고 있었다. 무대고 객석이고 가릴 것 없이 옳소, 옳소 하는 함성과 박수가 쏟아졌다. 마이크를 타고 함성과 박수가 온 마을에 울려 퍼질 것이다.

갑자기 신나는 반주와 함께 노래가 흘러나왔다.

행운을 드립니다

여러분께 드립니다

삼태기로 퍼드립니다

    사진으로만 보았던 창의놀이문화연구소 대표님이 나타나서 씩씩하게 노래를 따라 부르며 청테이프 구분선을 넘어 무대로 갔다. 대표님이 음악을 껐다. 낯선 자리에서 이렇게 많은 사람들을 아무렇지도 않게 상대하는 대표님이었다. 명규도 모른다는 놀이를 진행하기 위해서다. 대표님은 검은 원피스에 새빨간 꽃을 가슴에 달고 있었다. 꽃은 대표님 얼굴보다 훨씬 컸다. 노래를 부르면서 등장한 것만큼이나 새빨간 꽃도 강렬한 인상을 심어 주었다.

    "안녕하십니까, 대표님? 제가 이명규입니다."

    남자 방에서 연극을 지켜보던 명규가 객석으로 나왔다.
    "안녕하세요, 명규 학생. 드디어 만났군요."

    대표님이 명규에게 손을 내밀어 악수를 청했다. 명규와 악수를 한 대표님이 무대 가운데로 자리를 옮겼다.

         외가체험

"안녕하십니까, 여러분? 저는 포항에서 온 창의놀이문화연구소 소장 정분영입니다. 저기 명규 학생을 통해 오늘 이 행사를 알게 되었고, 꼭 와 보고 싶었습니다. 저희들이 적극적으로 동참한 아할아할 행사가 마을 공동체에 어떤 영향을 미치는지 확인해 보고 싶었습니다. 여러분, 재미있으시죠?"

객석에서 와글거리며 그렇다고 대답했다.

"잘 놀아야 공부를 잘 할 수 있습니다. 잘 놀아야 치매에 걸리지 않습니다. 믿으십니까?"

객석에서 또 와글거리며 그렇다고 대답했다.

"지금부터 같이 잘 놀아보겠습니다. 자신 있으시죠?"

세 번째다. 놀이문화연구소 소장님은 그렇다고 대답할 수밖에 없는 질문만 계속하고 있다. 분위기가 한껏 올라갔다.

"저는 6남매의 막내로 태어났습니다. 어린 시절에, 크리스마스 전날만 되면 언니, 오빠들이 겨울방학을 하더군요. 그래서

저는 여름방학도 당연히 7월 24일, 크리스마스 전날 하는 줄 알
았습니다."

샛별이와 보람이가 까르륵 웃음을 터뜨렸다. 두 아이의 높
고 맑은 웃음이 좀처럼 그치지 않아 그 모습을 보고 웃는 사람
이 생겼다. 웃음이 웃음을 부르는 바람에 웃음이 점점 퍼져나가
마을회관이 웃음으로 가득 찼다. 웃음소리가 조금 진정이 되자
소장님이 말을 이었다. 마을회관에 모인 사람들이 웅성거려도
소장님은 크게 개의치 않았다. 소장님은 휴대용 마이크를 사용
하고 있어 좌중을 단번에 제압할 수 있었다.

"크리스마스가 방학하는 날인 줄 알았던 건 저만이 아니었
습니다. 나중에 보니 많은 아이들이 저처럼 생각하고 있더군요.
저는 오늘 여러분께 복조리를 나누어 드리려고 합니다. 복조리
는 설날에 한 해의 복을 기원할 때 사용합니다. 세시풍속이죠.
저는 이 더운 여름날에 정월 초하루처럼 복을 부를 겁니다. 두
번 복을 부르는 일, 여러분도 괜찮으시죠?"

"예."

"원래는 복조리를 만드는 것부터 시작해야 되는데, 그럴 시
간도 공간도 없을 것 같아 제가 미리 만들어 왔습니다. 명규 학

외가체험

생, 문 밖에 복조리가 있는데 도와 줄 수 있나요?"

명규가 문밖으로 나가니 아이들이 우 따라 나갔다. 샛별이와 보람이도 뒤를 이었다. 아이들이 복조리를 출연진과 관객 모두에게 하나씩 나누어 주고도 복조리가 남았다. 복조리는 알록달록한 색종이 옷을 입고 있어서 보기만 해도 복이 절로 올 것 같았다.

"여러분, 모두 복조리를 들어 주세요. 옛날에는 쌀에 돌이 많았잖아요. 이 복조리로 이렇게 쌀을 일다가 복을 나누어 주는 겁니다. 먼저 여러분 오른쪽에 앉아 있는 사람들에게 여러분이 주고 싶은 복을 큰 소리로 나누어 주세요. 준비이, 시이작!"

행운을 드립니다 여러분께 드립니다
삼태기로 퍼드립니다
행운을 드립니다 여러분께 드립니다
삼태기로 퍼드립니다
행운을 드립니다 여러분께 드립니다
삼태기로 퍼드립니다

블루투스 스피커를 통해 노래가 흥겹게 흘러나왔다. 소장님이 3회 반복이 될 때마다 재생 버튼을 다시 누르는 모양이었다. 노래가 나오다가 잠시 중단이 되는 순간이 있었다. 그 순간은 주변 사람들에게 복을 나누어 주는 시간이 되었다. 세 소절만 되풀이되다 보니 어린 보람이부터 가장 나이가 많은 밤골댁 할머니까지 모두들 쉽게 따라 불렀다. 얼굴 가득 웃음을 담고서 좌우에, 앞뒤에 앉은 사람들에게 복을 나누어 준다고 마을회관은 노랫소리와 복 나누는 소리로 시끌벅적했다. 샛별이와 보람이가 악이 할머니와 규호 할아버지에게 건강복과 장수복을 배달했다.

"복을 많이 나누셨나요. 저는 이만 물러갑니다. 언제나 즐겁게 잘 놀기 바랍니다."

박수가 쏟아졌다. 놀이문화연구소 소장님과 배우들과 관객, 모두를 위한 열정적인 박수였다. 드디어 연극이 막을 내리게 되었다. 이제 헤어져야 할 시간이다. 몇 사람은 자리에서 일어나고 있었다. 그때였다.

"연극 감상 소감을 말씀드리겠습니다. 저는 김악이 배우의

아들, 황창운입니다."

황창운 아저씨는 소장님 휴대용 마이크를 사용하고 있었다. 일어나 가려던 사람도 다시 앉거나 서 있거나 동작을 멈추었다.

"지금까지 저는 부모님께 할 만큼 했노라고 큰소리 치고 살아 왔습니다. 정부에서 주는 혜택조차 제가 힘을 쓰는 줄 알고 계시는 어머니께 상세하게 설명한 적도 없습니다. 아니 어머니는 나라에서 무얼 하든지 모두 제 덕분이라 하시고, 부모님 때문에 제가 고생을 너무 많이 한다고 걱정하십니다. 오늘 관객으로 아버지가 와 계십니다. 아버지께 이런 나들이가 필요할 것이라는 걸 미처 몰랐습니다. 아버지는 제가 아니라 이웃 분들이 모시고 오셨습니다. 부모님을 제 입장에서만 바라보았습니다. 부모님께 필요한 일이 뭔지 진정으로 생각해 본 적이 없었던 것 같습니다. 오늘에야 그 잘못을 뉘우칩니다. 용서해 주십시오, 아버지, 어머니. 지금 이 순간, 제 곁에 계셔주셔서 고맙습니다."

황창운 아저씨가 기어코 울음을 터뜨렸다. 황창운 아저씨네 가족들이 무대의 악이 할머니와 침대의 규호 할아버지를 향해 흩어졌다.

송이의 얼굴이 발그레 물들어 있었다. 송이가 규호 할아버지에게 물어보았다.

"할아버지, 창운 아저씨를 용서해 주시는 거죠. 서운하지 않으셨죠?"

규호 할아버지의 대답을 들을 수는 없었다.

연극이 끝났다.

언제 돌아갔는지 소장님은 보이지 않았다. 나중에 보니 명규 스마트폰에 소장님의 작별 인사가 문자로 들어와 있었다.

멋진 청소년 여러분, 안녀엉.
명규 학생의 외가 마을을 평생 잊지 못할 거예요.
감사해요.
멋진 분은 소장님이십니다.
오늘 소장님 덕분에 마을 공동체라는 말이
가슴에 새겨졌습니다.

감사합니다.

명규가 소장님에게 보낸 답문자를 읽고 그 누구도 한 마디 말도 없이 침묵을 지켰다.

아빠 승용차에 모두 탈 수도 없었지만, 탈 수 있다 하더라도 아빠 차를 이용해 귀가할 생각들이 없었다. 외가에 올 때처럼 대중교통을 이용하기로 했다. 윤아만 다른 도시로 향하는 차를 타고 가야 했다. 윤아는 외삼촌에게 이사하자고 해야겠다며 섭섭함을 넘어 왜 엄마와 외삼촌이 다른 도시에 살도록 그냥 두었느냐고 외할아버지에게 상냥한 항의를 했다.

외할아버지와 외할머니를 외가에 모신 후 아빠는 엄마와 함께 외가를 떠나겠다고 했다. 내일 아침에 가는 게 어떻겠느냐고 외할아버지가 말렸지만 아빠는 선걸음에 가겠다면서 길을 재촉했다. 엄마는 인사도 제대로 나누지 못했다. 엄마는 외할머니가 무대로 외할아버지에게 급히 걸어갈 때부터 줄곧 울고 있었다. 40년이 넘도록 울 일이 많았을 텐데 엄마의 눈물은 도무지 그칠 줄 몰랐다. 하도 울어서 눈물샘이 엄청 발달했나 보다.

보이지 않으면 집에 갔으려니 하라던 진복 할아버지와 옥자 할머니는 이미 보이지 않았다. 주원식 아저씨는 황창운 아저씨와 함께 규호 할아버지를 자동차에 태웠다. 어찌 된 일인지 황창운 아저씨의 울음소리가 들렸다. 주원식 아저씨가 샛별이와 보람이를 악이 할머니네로 태워주고 나서 경연 할머니와 마을을 떠날 생각이라고 명규에게 말했다. 스태프 복장인 교련복도 반납하고 가겠노라고 연출에게 확실히 보고하고 주원식 아저씨가 마을회관을 떠났다.

배우와 관객이 모두 흩어진 마을회관은 텅 비었다. 마을회관 거실을 지키는 간이침대를 바라보았다. 간이침대는 경운기에 실려 내일 아랫집으로 배달이 될 것이다. 에어컨을 저온으로 하여 켜 두었는데 마을회관은 열기가 후끈거렸다. 에어컨과 형광등을 끈 후 마당에 내려서니 명규가 민서와 함께 자전거를 붙잡고 있었다. 송이와 윤아도 명지를 기다리고 있었다.

여름밤 열기는 짜증스럽기 마련인데 그렇지 않은 게 이상했다. 외가 마을 밤공기는 딱 기분 좋을 만큼이다. 마을회관은 사람이 많아서인지 답답했다. 더웠는지는 모르겠다. 보름달처럼 둥글고 큰 달이 하늘 가운데 떠있다. 달빛이 반갑다. 가로등 없는 골목길이 어둡지 않다. 달빛이 스며든 모두의 얼굴이 달빛보다 빛났다.

모두들 배가 고팠다. '야식이 땡기는' 밤이었다. 뒤풀이라 했겠다. 아이들이 이럴 줄 엄마가 미리 알았나 보다. 아이들은 박미애 여사에게 "충성!"을 외쳤다. 송이는 또 거수경례다. 외가에 어떤 야식이 준비되어 있을까. 궁금했다.

"우리, 뛰어갈래?"

아이들 따라 자전거도 달렸다.
어둠을 뚫고 달리는 아이들 앞에서 달빛이 길을 안내했다.

외가체험

상주터미널을 출발했을 때야 비로소 명지는 겨우 1주일이었다는 생각이 들었다. 어른들이 곧잘 하루는 일 년 같은데 돌아보면 후딱 십 년이 갔다고 말할 때 손가락으로 크기를 조절할 수 있는 스마트폰 사진도 아닌데 시간 계산이 들쭉날쭉이다 싶었다. 어른들의 시간 개념을 비판하곤 했는데 자신이 그런 들쭉날쭉한 시간을 보냈다는 생각이 들었다.

버스는 하이패스 차선으로 톨게이트를 지나 고속도로에 진입했다. 버스가 속도를 내고 있었다. 눈을 내리깔자 차창으로 지나가는 바깥 풍경이 어지러웠다. 눈을 들어 먼 곳을 바라보았다. 소리 없는 여름 풍경이 펼쳐졌다.

차를 타고 지나가니까 아름다운 경치가 눈에 들어오는 거다.

외할아버지의 말이 환청으로 들렸다. 떠난 지 얼마나 되었다고 벌써 그리운 곳이 되었나. 풍경이 흐릿해졌다.

"언니, 고모 닮았구나."

윤아가 명지를 콕 찔렀다. 윤아는 혼자 가기 싫다며 갑자기

'고모집 방문'을 계획했다.

터미널 대합실에서 잘 가라는 인사를 하고, 네 명이 우르르 몰려가서 버스에 오른 윤아에게 손을 흔들며 작별했었다. 윤아를 보내고 홈에 세워져 있는 목적지행 버스에 올라 자리에 앉자마자 버스가 움직이는데, 출구로 가기 위해 후진하는 버스 앞 유리로 낯익은 모습이 들어왔다. 윤아가 손을 마구 흔들어 차를 세우더니 버스 앞문을 두드렸다. 윤아가 타고 갈 버스가 아닌 줄은 알지만 합동으로 기사 아저씨에게 부탁을 하여 앞문을 열었다. 윤아가 감사하다고 하면서 가볍게 뛰어 올라탔다. 노트북을 든 윤아가 캐리어우먼 같았다. 윤아가 기사 아저씨에게 차표를 건네고는 뒤쪽으로 걸어왔다.

혼자 가려니 억울해서 차를 바꿔 탔다는 윤아가 맨 뒷자리로 가서 앉았다. 어중간한 시간에 버스를 타서인지, 배차 간격 때문인지, 그것도 아니면 더운 여름날 분지를 출발하여 내륙 도시로 향하는 버스라 그런지, 어찌 되었건 마침 빈자리가 많았다. 바다로 가는 길은 온통 주차장이라는데, 유명세를 타는 변변한 계곡도 없는 도시에 사는 게 이때만큼 고마운 일은 없었을 것이다. 모두들 윤아 옆으로 옮겨 앉았다.

오늘 중으로만 집에 도착하면 신용에 문제가 없다고 윤아가 큰소리를 쳤지만, 마지막까지도 버스를 바꿔 타는 일 때문에

외가체험

갈등했을 윤아였다. 특별히 창가 자리를 명지에게 양보한 송이
는 윤아를 명지 옆으로 앉게 하고 명규 옆자리를 차지했다. 명
지의 반대편 창가에는 민서가 앉았다.

눈물을 훔친 명지가 윤아에게 눈을 찡긋해 보이고 나서, 윤
아가 아니라 명규에게 말했다.

"궁금한 게 있어, 명규야. 어젯밤에 외할아버지가 외할머니
와 함께 남자 방으로 퇴장하셨을 때, 거기엔 너밖에 없었잖아.
그래서 어떻게 됐니?"

너도 나도 궁금해 했다. 버스를 바꿔 탄 것은 탁월한 선견
지명이었다고 윤아가 자화자찬했다. 명규가 대단한 발표를 하
는 것처럼 목소리를 가다듬었다.

외할아버지는 늠름하게 외할머니 어깨를 안다시피 방으로
들어와서는 줄곧 눈물을 흘렸다. 그 와중에서도 외할아버지는
외할머니의 약을 챙겼다. 명규가 물을 가져왔다. 외할아버지가
외할머니에게 원기소라며 약을 건네자 외할머니가 명규를 보며
눈을 찡긋했다. 명규는 당황했다.

약을 먹고 나니 외할아버지가 손으로 외할머니의 입술 주
위를 훔쳤다.

"여보, 실컷 울었어요?"

외할머니가 물었다. 외할아버지가 깜짝 놀라 외할머니 얼굴을 지긋이 바라보았다. 외할머니가 수줍은 새색시 미소를 지으며 연기가 봐 줄만 했느냐는 물음 끝에 느닷없이 준우를 만나고 싶다고 했다. 준우 사는 곳을 알아 두었으니 준우를 만나는 것은 시간문제라는 외할아버지 말이 길게 이어졌다. 외할머니가 온전하지 않을 때의 대화법이 아니었다.

"아이들이 당신을 인터뷰한 녹취록을 읽었어요. 그때 처음 알았어요."

명규 이야기 속으로 송이가 뛰어들어, 외할머니가 녹취록을 읽었느냐고 물었다. 명규도 사실 외할머니의 말을 듣고 그게 궁금했었다고 고백했다.

그날 얘기지? 명지가 말하자 윤아가 고개를 끄덕였다. 그날 일을 윤아가 설명했다. 명규가 다시 외할아버지 얘기를 이어 갔다.

"여보, 당신과 결혼할 때 난 이미 할머니를 극복했어요. 엄

외가체험

마가 하신 일 중에서 가장 잘 하신 게 당신을 사위로 삼으신 일이라 생각해요. 내가 할머니 때문에 준우에게 끌려가고 있다고 엄마가 생각하신 거죠."

외할머니는 오빠라고 부르며 준우를 따라다닌 이유도 밝혔다. 외할머니의 처녀 시절, 청년이었던 외할아버지가 외할머니에게 너무도 무관심한 게 원망스러워서 일부러 준우 얘기를 했다는 고백이 외할아버지를 놀라게 했다. 외할머니가 단호하게 덧붙였다. 준우는 외할머니의 마음속 주인공이 아니었다고. 외할아버지가 준우에게 분노했던 같은 이유로 외할머니도 준우에게 치가 떨렸다. 사람을 함부로 대하는 준우를 참을 수가 없어, 나이가 들어서는 달라졌기를 바랐던 것뿐이라고.

"하지만 지금은 그것조차 필요 없어요. 그런 시간도 아껴야 하지 않나요, 우리?"

외할머니는 연극 무대로 뛰어들 때까지도 고민하고 걱정했었다. 어떻게 말하면 좋을까 하다가 연극을 이용하기로 했는데, 연극이 아니라 진짜로 여고 시절로 되돌아갈까 봐 가슴을 졸였다.

"진짜로 되돌아갔어도 괜찮았을 거예요."

"괜찮은 건 맞아요. 그래야 당신이 사랑한다고 말해줄 거 아니에요."

"여보, 사랑해요."

외할아버지가 젖은 목소리로 말하며 외할머니를 껴안았다.

"여보, 명규가 보고 있어요."

"명규야, 우리 봐 줄만 하지?"

명규 얘기가 끝났다.

"와, 우리 할아버지 멋쟁이. 나도 할아버지와 결혼하고 싶다."

"윤아야, 그 소리, 유치원 버전인 거 알지?"

송이가 깔깔거렸다.

"난 내가 뭘 좋아하는지 알게 된 게 제일 의미 있었어."

깔깔거리던 윤아와 송이가 명지의 말에 웃음을 멈추고 명지를 바라보았다.

연출에 관심이 있는 명규, 일찌감치 작가지망생인 윤아, 군경이 되고 싶다는 송이. 부러웠다. 딱히 잘 하는 것도 없고 하고 싶은 것도 없던 명지였다. 학교에서 진로 시간에 자주 들었던 '하고 싶은 것 중에서 잘하는 것으로 돈을 벌라'고? 명지인들 그러고 싶지 않겠느냐고. 가장 기본적인 뭘 하고 싶은지도, 뭘 잘하는지도 모르는 사람은 어떻게 해야 하냐고. 학교에서나 학교 밖에서나 모범 일정표는 언제나 존재하고 있었다. 일정표를 따라 가니 모범생이라고, 착한 딸이라고 칭찬이 이어지는데 정작 명지 자신은 답답하고 우울했다.

명지가 연극 홍보 포스터를 만들었을 때, 송이가 앞장서서 외가를 갤러리로 꾸몄었다. 모두들 칭찬했지만 명지는 립서비스라는 생각이 들었다. 당연히 엄마도 그림을 보았다.

"아, 우리 박미애 여사 충격이었을 거야. 문학과 예술은 배고플 각오를 해야 한다는 게 울 엄마가 맨날 주장하는 거잖아."

"아냐, 명규야. '배고플 각오'가 우리가 생각하는 그런 뜻이 아니었어. 엄마는 벌써부터 내가 그림에 관심이 있는 걸 알았대."

"명지야, 기대해라. 집에 가면 굉장한 게 준비되어 있을 거야."

"집에?"

"앗, 이건 비밀이야. 수사 중이라 말씀드리기 곤란함."

그런 게 어디 있느냐고 항의가 빗발쳤다.

"송이야, 우리 소란 때문에 이 버스가 여기서 멈출지도 모른다?"

"좋아, 항복. 엄마가 연극 시작하기 전에 마을에 붙여놓은 포스터를 다 수거하셨어. 폐휴지 재활용하려고 그러셨겠니? 여기까지만 발설하겠슴다."

어제 공연할 때, 약속했던 시간보다 마을회관에 늦게 도착한 엄마는 뒤풀이 준비 때문이라고 해명했었다. 엄마의 뒤풀이에는 명지가 그린 연극 포스터를 떼는 일도 들어 있었구나. 그리고…….

"할머니의 엄마도 그렇고, 고모도 그렇고. 엄마는 진짜 위대해. 나도 그런 엄마가 될 수 있을까?"

외가체험

"윤아 누난 적어도 독신주의자는 안 되겠네."

외할아버지와 결혼하고 싶고, 위대한 엄마가 되고 싶다고 했으니까. 모두들 왁자지껄 웃었다. 너무 많이 떠들었나 보다. 염려했던 대로 승객 중에서 뒤를 돌아다보는 사람들이 있었다. 기사 아저씨 눈치가 보였다. 모두들 숨을 죽였다. 잠시 시간이 흐르고 다시 명지가 입을 열었다.

"그림이야 학교에서도 그릴 시간이 많았잖아. 행사가 좀 많니. 그런데 이번 마을 연극 홍보 포스터 작업이 지금까지 그림 그리기와 아주 다른 게 있었어."

여기까지 말하고 명지는 잠깐 쉬었다. 창가에 앉은 명지가 반대편 창가에 앉은 민서까지 눈으로 더듬은 다음에 말을 이었다.

"아무런 보상도 약속되어 있지 않았다는 거야. 그런데 내가 죽어라 열심히 하고 있더라고. 마을 연극을 위해서, 누가 시키지도 않은 일을, 아무런 대가도 없이. 대단한 명성을 쌓는 일도 아니야. 도대체 날 움직인 그 힘이 무언지 곰곰이 생각해 봤어."

명지는 또 말을 중단했다.

"순수한 기쁨과 보람이었어. 나 자신만을 위해서라면 쉽게 포기할 일인데, 무슨 보상이 주어진다면 안 받고 말 일인데, 내가 끝까지 최선을 다하고 있었어. 내가 이 말을 하니까 엄마가 날 왈칵 안아버리더라."

이젠 아무도 떠들지 않았다. 명지는 어느 강연에선가 들었던 말을 되새기고 있었다. 살면서 가슴 벅찬 감동을 맛본 경험이 있으면 그 감동이 평생을 견디는 힘이 될 거라고 했던가. 사회와 인류에 기여하기 위해서는 어떻게 살아야 할까도 생각할 기회가 되었다. 그런 눈으로 며칠 동안 주변을 바라보았다. 작은 일 하나에도 의미를 찾을 수 있어서 놀라운 시간이었다.

모두들 말없이 앉아 있자 민서가 조심스럽게 떠듬떠듬 입을 열었다.

사실 민서야말로 하고 싶은 것도 잘하는 것도 없었다. 자유학기가 지나도 민서에겐 별로 달라진 것도 없었다. 외가체험? 대단한 기대를 하고 온 것처럼 말했지만 사실은 아니었다. 그냥 집에 노는 것보다 덜 지루할 거 같아서 선택한 것이라 했다.

민서가 가방에서 윷가락을 끄집어내어 만지작거렸다. 체험

외가체험

결과를 확실하게 챙긴 민서다. 아무도 민서를 다그치지 않는데 민서는 숨을 고르고 있었다. 민서가 얼굴을 찡그렸다. 민서가 무슨 얘길 하고 싶은지 몰라 다들 민서 따라 얼굴을 찡그렸다.

민서의 얘기에는 주원식 아저씨와 황창운 아저씨, 놀이문화연구소 소장님, 마을 공동체, 이런 말들이 섞여 있었지만 왜 그런 말들이 이 시점에서 나와야 하는지는 도무지 이해할 수 없었다.

"내가 복지라는 말을 아주 싫어하거든. 그런데 복지에 관심이 생겼어."

민서는 여전히 얼굴이 찡그러진 채다.

"사실 복지 얘기하고 싶었던 게 아냐."

민서가 어렵게 얘기를 끄집어냈다. 첫날 외할아버지는 기회가 될 때마다 민서와 스킨십을 했다. '미친 망구'며 온갖 버릇없는 말과 행동을 하는데도 한 번도 가르치거나 꾸중하지 않았다. 어쩐지 가슴 속 응어리가 녹는 기분이었다.

"우리 망구 보고 싶다. ……말도 않고 왔거든."

그랬다. 민서는 조손가정의 구성원이었다. 민서의 '망구'에
정이 뚝뚝 묻어났다.

명지는 다시 창밖을 바라보았다. 외가에 갈 때와 같은 길인
데 창밖이 이렇게도 다를 수가 있다니. 같은 길을 가더라도, 똑
같은 24시간이 주어지더라도 다 다를 수 있음을 절실하게 깨닫
는 순간이다.

"참, 한 가지 말할 게 있어. 황창운 아저씨가 우릴 초대하셨
어. 갈래?"

명규가 속삭였다. 사실 며칠 동안 차분하게 말하는 법을 많
이도 배웠다.

"언제?"
"우리 마음대로."
"얼마나?"
"하루."
"어디에."

"황창운 아저씨가 사는 동네에 산림 휴양지가 있대."

"산림 휴양지? 그런 곳은 벌써 예약이 끝났을 텐데. 거리가 주차장이라고 야단인 휴가 기간이잖아."

"누가 산림 휴양지에 간대?"

"그럼 산림 휴양지 말을 왜 해?"

"산림 휴양지보다 더 멋진 계곡이 있대. 그런데 거기서 잠은 잘 수 없다나 봐. 그래서 하루야."

"날 잡자."

명규가 요오요오 붙어라를 했다. 명규가 엄지를 내세운 채 왼쪽부터 오른쪽으로 반원을 그리는 바람에 명규, 민서, 송이, 윤아, 명지 순으로 엄지를 붙였다. 각자 가고 싶은 날을 정해서 명규에게 문자를 날리기로 했다.

"그 날 황창운 아저씨 엄청 우셨어."

송이가 입을 뗐다.

송이가 연극 감상 소감을 말할 때 울음을 터뜨린 황창운 아저씨 얘기를 하는 건 아닐 거다. 궁금증 유발에 성공한 송이가 나지막하게 말하기 시작했다.

송이는 어제 오랜 시간 아랫집 규호 할아버지 곁을 지켰다. 연극이 끝나고 황창운 아저씨가 소감을 말할 때 송이가 할아버지에게 물었었다.

할아버지, 창운 아저씨를 용서해 주시는 거죠. 서운하지 않으셨죠?

대답을 확인하려고 송이가 규호 할아버지를 내려다보았을 때 할아버지 눈에는 눈물이 가득 찼다. 눈물은 곧 흘러넘쳐 양쪽 귓바퀴를 적셨다. 눈을 깜빡이기로 약속을 한 터였다. 규호 할아버지가 얼마나 자주, 얼마나 오래 눈을 깜빡이던지 송이는 할아버지의 대답을 이해할 수 없었다. 옆에서들 규호 할아버지를 부축하고 황창운 아저씨가 규호 할아버지를 업고 아저씨 차에 태울 때는 곁에 있는 사람이라면 당연하고, 멀리 떨어진 사람도 알 수 있을 만큼 황창운 아저씨가 흐느껴 울었다. 악이 할머니도 아저씨의 부인도 연신 눈물을 닦고 있었다. 얘기를 하는 송이까지 울먹였다.

다시 차 안이 조용해졌다.

모아둔 체험비가 남았는데 이건 송이가 알아서 쓰겠다고 했다.

외가체험

콜.

외할머니의 낯선 모습은 틀림없이 충격이었다. 그 충격이 친구들과 이웃들 속에서 어느새 평범한 일상이 되어 있었다. 외할머니를 부르기만 하면 어려운 많은 일들이 저절로 해결되곤 하다가 갑자기 외할머니에게 모든 것을 맞추는 일을
지나고 보니
해냈다.

아이들이 외가를 떠날 때 외할아버지와 외할머니에게 작별 인사도 못하고 콜택시를 불렀다. 아이들이 밤골댁 할머니보다 엄청나게 나이가 많은 동수나무 아래서 기다리다가 두 대의 택시에 나누어 탈 때, 먼저 온 택시에 명규와 민서를 타게 했다. 터미널로 이동하면서 명지는 콜택시를 부르는 일부터 동생들이 먼저 택시를 타게 하는 일까지 문구사에서 늘 사용하던 필기구를 사는 것처럼 스스로 앞장서서 가볍게 처리한 자신을 발견했다.

명지는 벅찬 가슴을 진정시키려고 외할아버지를 생각했다. 외할아버지는 혹시 작별 인사를 못할 수도 있다며 미리 인사를 하자고 했었다. 외할아버지 인사는 간단했다.

"너희들 식이다."

외할아버지가 아이들을 향해 주먹을 내밀었다. 아이들이 한 명씩 외할아버지와 주먹 파이팅을 했다. 외할아버지는 아이들이 떠나기 전에 외할머니와 교련복을 입고 뒷산으로 소풍을 갔다.

명지가 등받이에 몸을 기댔다. 힘차게 앞으로 주먹을 내밀어 보았다. 세상과 주먹 파이팅을 하고 있는 셈이다.

차창을 바라보았다.

외할아버지와 외할머니의 간병일기에 명지가 '외할머니의 특효약은 외할아버지의 사랑해!'라고 써 놓았었다. 외할아버지가 바로 그 부분을 펼쳤다. 명지가 쓴 문장 밑에 외할머니의 필체가 있었다.

천지신명이시여! 아름답던 시골 구석구석까지 찻길이 나는 바람에 매연이 심합니다. 콘크리트아파트가 분별없이 들어서서 우리 주변의 자연을 가리는 것이 멧돼지가 고추밭 망치는 것보다 더 흉악합니다. 외가가 망가지면 우리 손주들이 언제 다시 찾아올 수 있을까요. 천지신명이시여, 산천초목이 보호되어 부디 이 산 밑에서 오래오래 살게 해

외가체험

주십시오.

끝자락에 외할머니가 명지에게 써놓은 문장도 있었다.

  명지야, 난 똥머리가 좋아.

어제 일부러 양 갈래 머리를 보여주지 않았더라면 외할머니의 양 갈래 머리를 다시 볼 수는 없었을 거다. 외할머니에게 그런 일도 가능했다.
  외할아버지에게 외할머니는 순수한 기쁨일까. 보람일까.
  명지가 가만히 되뇌었다. 롱 위드 미.
  외가체험, 끝.

〈끝〉